入門 万葉集

上野 誠 Ueno Makoto

★——ちくまプリマー新書
333

目次＊Contents

本文・帯イラスト　熊鹿るり

はじめに

もう三年前のことになりますが、私は、韓国《かんこく》の釜山《プサン》外国語大学校というところで、『万葉集』の講義をしたことがあります。教室が満員になり、始まる前から、これがすごい熱気なのです。私が気を良くしたのは、いうまでもありません。自分の本の韓国語訳は、こんなに読まれているのか、私が専門とする『万葉集』の人気は、こんなにも高いのか、と驚いていました。講義が終わると、数十名の学生からのサイン攻めに遭《あ》い、一躍《いちやく》スターになった気分でした。

が、しかし。それは、大きな思い違いだとすぐにわかりました。韓国の学生さんが『万葉集』の講義に熱狂したのは、新海誠監督《しんかいまことかんとく》の『言《こと》の葉《は》の庭《にわ》』(二〇一三年)というアニメーション映画を見ていたからなのです。あのアニメーションに出てくる『万葉集』の歌について、もっともっと知りたいと皆《みな》が思っていたところに、日本から『万葉集』

を専門とする学者がやって来て、特別授業をするというので、たくさんの学生さんたちが集まっていたのであって、私の研究に関心があるわけではなかったのですね。チャン、チャン。あぁ、そうかぁ、と私は落胆《らくたん》しました。韓国の学生さんたちは、次々に私に語りかけてきます。「先生！　『言の葉の庭』を見ましたかぁ」と。しかし、私は「えぇっ、そっ、それはぁ……」と返す言葉もありません。

私は日本に帰って、なかばふてくされながら、アニメ『言の葉の庭』を買い求めました。「おいおい、六十歳《さい》も近くなって、アニメかよぉ」と思いつつ。

しかし、見終わって、アニメに対する自分の考えがいかに誤りであったか、しかも、それは自分の思い上がりから来た考えであったことを反省しました。純文学が一番と思っていた自分のことが恥《は》ずかしくなりました。「これって、ひょっとするとノーベル文学賞をもらった川端康成《かわばたやすなり》の短編小説より、良いかも」と思ったりしました。ですから、この本では、最初に新海誠監督とすべてのアニメファンの方々にお詫《わ》びを申し上げたいと思います。思い上がりでした。ごめんなさい。いやぁ、深い――。

雨の日に公園に行き、その公園の東屋《あずまや》で一日を過ごす人とは、いったいどんな人でしょうか。晴れの日ならわかります。晴れの日の公園は、幸福な時間を約束してくれるところです。雨の日に限って公園に行くという人は、他人に逢《あ》いたくない人でしょう。ひょっとすると幸福な人を見たくない人なのかもしれません。

でも、公園に行ってみようというのだから、「ひきこもり」ではないでしょう。つらいこと、いやなことがあって、人とは逢いたくないのだが、公園の景色を見て、自分の心を癒《いや》そうという人なのでしょうか。こうやって、靴《くつ》職人を目指す男子高校生とわけあり退職の古典女教師は出逢うのです。その会話の切ないことといったら……。細い細い繊細《せんさい》な繊細な心の会話で描《えが》かれたアニメでした。

私のみるところ、この作品のいわんとするところは、ほんとうに大事に思っている人に、自分のまごころから出た言葉を伝えることの大切さ、難しさ、切なさにあると思います。「言の葉」とは、古典の言葉で、「言葉」のことをいいます。「庭」というのは、人の憩《いこ》う屋外の空間をいいますが、同時に儀《ぎ》式《しき》が行なわれる空間のこともいいます。儀式では、神や天皇に対して、大切な言葉を献上《けんじょう》することがあります。「言の葉の庭」とは、もちろん、二人が出逢った公園のことですが、大切な言葉を交わす庭という意味があるのではないか、と思いました。

その大切な言葉の一つが、元古典教師らしく、じつは『万葉集』の歌となっています。韓国の学生さんたちが、『万葉集』について大きな関心を持ったのは、この歌のためなのですね。

鳴る神の
しましとよもし
さし曇《くも》り
雨も降らぬか
君を留《とど》めむ

（作者不記載歌　巻十一の二五一三）

訳してみると、こうなります。

雷が
ちょっとだけ鳴って、
曇り空となり
雨でも降らないかなぁ――。
だって、あなたを引き留めたいんだもの。

「しまし」は、願い求める表現で、「ほんの少しでもよいから」というようなニュアンスを表す表現です。「せめて〜だけでも」というように、控《ひか》え目に希望する時に使います。「君を留めむ」とは、「あなたを引き留めたい」という意味です。デートの時間も、残りあとわずか。もし、ここで雷が鳴り、曇って、雨が降ったなら、「君」は私のもとから去らないというのです。『万葉集』で使われている「君」は、女性が男性に対して呼びかける表現なので、この歌は、女歌ということになります。

この歌は、『万葉集』巻十一の「問答」という分類のところに入っており、この歌は「問い」の歌です。これに答えた歌が、次の歌です。

鳴る神の
しましとよもし
降らずとも
我《わ》は留まらむ
妹《いも》し留めば

（作者不記載歌　巻十一の二五一四）

訳してみると、

雷がね、
ちょっとだけ鳴ったなら、
雨なんか降らなくても……
俺《おれ》は留まるさ。
お前さんが留めるならね。

となります。これは、男の答え歌ですね。

では、この二つの歌は、『言の葉の庭』ではどんな役割を果たすのでしょうか。それは、心の中にあっても、直接に口に出すことはできない思いです。つまり、強く望んでも、口にしにくい思いが表現されているのです。

このあたりを見た時、「ヤラレタァ！　うまい！」「スゴイ！」と叫《さけ》びました。調べてみると、若手万葉研究者として活躍《かつやく》している倉住薫《くらずみかおる》さんが支援《しえん》されたということ。私と倉住さんとは旧知の間柄なのですが、倉住さんよくやってくれた、と思いました。新海誠監督も、大学では国文学を専攻されたということです。ですから、もともと古典に詳《くわ》しいのですね。

女の心を知った男の答え歌も、じつに切ない。「雨なんか降らなくても、君といっしょにいたいから、留まりたいんだ。君が許してくれるなら」というものです。男と女の付き合いというものは、じつに難しいものです。自分の気持ちが、どれほど相手に伝わっているか。自分の気持ちを知った相手は、反対に自分のことをどう思ってくれているのか。互いの気持ちを確かめ合いながらでしか、先に進めません。ことに、一夜を共にするかどうか、という時は、互いに慎重《しんちょう》になります。そんな男女の心の機微《きび》が歌からわかります。肉体関係を持ってしまうと、互いの責任は、どうしても重くなりますからね。

これ以上、問いの歌と答えの歌について語るとネタバレになるので、このくらいにしておきましょう。

古代の男女は、このように、歌で心を耕《たがや》してきました。歌で心を耕すなんて、不思議な言い回しだと思われたことでしょう。春になると耕運機《こううんき》で、田や畑を耕している様子を思い浮《う》かべて下さい。固い大地には、農作物は生えません。そこで、土を掘《ほ》り起こして、柔《やわ》らかくしなくてはなりません。そうしないと、せっかく田植えをしても、種蒔《たねま》きをしても、うまく農作物は稔《みの》りません。

人は、スポーツや芸術、仕事などによって日々心を耕しています。いや、心を耕す生きものなのです。私が『万葉集』の研究に携《たずさ》わって、四十年近くの歳月が流れました。私は、自分の心を『万葉集』で耕して来たつもりです。一言でいえば、歌った人の気持ちを考えることで、私も他人の気持ちを考えるようになりました。

新しい元号が『万葉集』から採《と》られたことを機に、多くの国民の熱い視線が『万葉集』に注がれています。そこで、若い人たちに手紙を書くつもりで、『万葉集』の入門書を書いてみました。

古典だからといって、何も堅苦《かたくる》しいことはありません。スマホで写真を撮《と》り合う現代の人々のように、古代人は歌を詠《よ》み合っていました。ご笑覧《しょうらん》下さい。

第一章

『万葉集』って、何ですか？

新元号「令和」に込められた思い

新元号「令和《れいわ》」には、どんな思いが込められているのでしょうか。一言でいうならば、平和への願いのようなものが込められていると思います。そこで出典となった『万葉集』巻五の梅花《ばいか》の歌三十二首の序文《じょぶん》に込められた思いについて、考えてみたいと思います。

『万葉集』というと、みやびな響《ひび》きがありますが、その時代は、決して平和な時代ではありませんでした。今から千二百五十年くらい前に出来た歌集です。

打ち続く飢饉《ききん》、疫病《えきびょう》で苦しんだ時代でした。仏教がすでに根づいており、人びとは、世界最大の金銅仏《こんどうぶつ》を造ったりもしています。今の奈良《なら》・東大寺の大仏さんです。また、唐《とう》に派遣《はけん》された遣唐使《けんとうし》たちは、東からやって来た君子であると、その礼儀《れいぎ》正しい姿が誉《ほ》めたたえられたのでした。

「令和」の新元号は、『万葉集』の巻五に収められている梅花の宴《うたげ》に詠《よ》んだ歌三十二首を束ねる序文の一節から採《と》られています。その漢文で書かれた序文の一文に、「于時、初春令月、気淑風和。梅披鏡前之粉、蘭薫珮後之香」（傍点引用者）という部分があります。ここから、「令」と「和」の文字が採られたのです。序文には、友との楽しい宴はこんな良い日に行なわれた。新春のめでたい月に、天候にも恵《めぐ》まれて、風は頬《ほお》に優《やさ》しく、梅《うめ》の花の白いことは白粉《おしろい》のよう、その香《かお》りは匂《にお》い袋《ぶくろ》のようだった、と記されています。

　しかし、唐は強大な権力を誇《ほこ》り、日本と朝鮮《ちょうせん》半島の新羅《しらぎ》との関係は悪化していましたし、たいへん難しい時代だったのです。こんななかで、平城京《へいじょうきょう》から九州・大宰府《だざいふ》（現在の福岡県）に赴任《ふにん》していた役人たちが、大宰府の長官であった大伴旅人《おおとものたびと》（六六五―七三一）の邸宅《ていたく》に集《つど》ったのでした。当時の大宰府は、九州を統轄《とうかつ》する役所で、彼はその長として赴任していたのです。

　おそらく、お正月の一連の行事が終わって、ほっとした時で、まあ、一杯やろうじゃないか。梅の花見で。ということになったのでしょう。彼らは、口々に春の到来《とうらい》を寿《ことほ》ぎ、梅の花を讃《たた》えて、歌を作ったのでした。

宴の主人である大伴旅人は、梅の花の美しさを天から舞い散ってきた雪になぞらえて、こう詠《よ》んでいます。

我《わ》が園《その》に　梅の花散る　ひさかたの　天《あめ》より雪の　流れ来るかも〔主人《あろじ》〕

（巻五の八二二）

考えてみれば、私たちは常に困難《こんなん》な時代を生きています。それぞれの時代は、それぞれに困難なのです。しかし、困難な時代を生きればこそ、歓《よろこ》びの時は、良き一日をみんなで楽しもうではないか、と思うものなのです。新元号「令和」にちなみ、この梅花の歌の序文の書き下し文と訳文を掲《かか》げたいと思います。

書き下し文

梅花《ばいくわ》の歌三十二首〔并《あは》せて序〕

天平《てんぴやう》二年正月十三日、帥老《そちらう》の宅《いへ》に萃《あつ》まりて、宴会を申《もよほ》すことあり。時は、初春《しよしゆん》の令月（れいげつ）にして、気淑《よ》く風和（やはら）ぎ、梅は鏡前《きやうぜん》の粉《ふん》を披《ひら》きて、蘭《らん》は珮後《ばいご》の香《かう》を薫《かを》らしたり。加以《しかのみにあらず》、曙《あけぼの》の嶺《みね》には雲移り、松は羅《うすもの》を掛けて 蓋《きぬがさ》を傾《かたぶ》けたり。夕《ゆふへ》の岫《くき》は霧《きり》を結び、鳥は縠《うすもの》に封《と》ぢられて林に迷《まと》ふ。庭には新蝶《しんてふ》舞ひて、空には故雁《こがん》帰りたるをみゆ。

ここに、天を蓋《きぬがさ》として地《つち》を坐《しきもの》として、膝《ひざ》を促《ちかづ》けて觴《さかづき》を飛ばしたり。言《こと》は一室の裏《うち》に忘れさりて、衿《ころものくび》を煙霞《えんか》の外に開く。淡然《たんぜん》として自《みづか》ら放《ゆる》し、快然《くわいぜん》として自ら足《た》りぬ。もし、翰苑《かんゑん》にあらずは、何を以《もち》てか情《こころ》を攄《の》べむや。詩には、落梅《らくばい》の篇《へん》を紀《しる》すといふことあり。古《いにしへ》と今と夫《そ》れ何ぞ異《こと》ならむ。園梅《ゑんばい》を賦《ふ》して、聊《いささ》かに短詠《たんえい》を成すべし。

（巻五の八一五～八四六序文）

訳文

梅花の歌三十二首とその序文

時は、天平二年正月十三日のこと。私たちは、帥老《そちろう》すなわち大伴旅人宅に集って、宴を催《もよお》した。それは、折しも初春のめでたき良い月で、天の気、地の気もよくて、風もやさしい日だった。旅人長官の邸宅の梅は、まるで鏡の前にある白粉のように白く、その香は帯にぶら下げる匂い袋のように香るではないか。その上、朝日が映《は》える嶺《みね》は雲がたなびいていて、庭の松はうすものの絹笠《きぬがさ》を傾《かたむ》けたようにも見えた。時移り夕映えの峰《みね》に眼を転ずれば、霧《きり》も立ちこめて、鳥たちは霞《かすみ》のうすぎぬのなかに閉じこめられて、園林の中をさまよい飛ぶ。一方、庭に舞い遊ぶのは今年の命を得た蝶だ。空を見上げると昨秋やってきた雁《かり》たちが帰ってゆくのが見える。

この良き日に、私たちは天を絹笠とし、大地を敷き物にして、気の合った仲間たちと膝を交えて酒杯を飛ばしあって酒を飲んだ。かの宴の席、一堂に会する我らは、言葉すらも忘れて心と心を通わせ、けぶる霞に向かって襟《えり》をほどいてくつろいだの

だった。ひとりひとりのとらわれない思いと、心地よく満ち足りた心のうち。

そんなこんなの喜びの気分は、詩文を書くこと以外にどう表せばよいというのか——。かの唐土《とうど》には、舞い散る梅を歌った数々の詩文がある。昔と今にどうして異なるところなどあろうぞ。さあ、さあ、われらも「園梅《えんばい》」という言葉を題として短歌を詠《よ》み合おうではないか……。

（拙訳）

喜びの気分は、詩文を書くこと以外に表現しきれない、とあるように、歌を詠むことは、当時の人々にとって心を表現する大切な手段でした。『万葉集』がなぜつくられたか、そこに集められた歌がなぜ詠まれたのか、を理解するポイントが、この序文には述べられているのですね。

『万葉集』の成り立ち

この節では、『万葉集』という書物の成り立ちを中心に語りたいと思います。『万葉集』は「言葉」と「思い出」の文化財です。私が、そういっている意味を具体的に説明したいと思います。

『万葉集』は、八世紀の中葉《ちゆうよう》に出来た歌集です。この書物に集められた歌というのは、和歌すなわちヤマトウタです。ヤマトウタとは、日本語で作られた歌です。

数字から見てみると、その歌の数は、おおよそ四千五百首になります。和歌を数える時には、「首《しゆ》」という言葉を使いますので、「四千五百首」あまりということになります。この数々の歌を二十巻に分けて収めているのが『万葉集』です。

『万葉集』は、いったいどのような歌集ですか、と聞かれることがよくありますが、なかなか一言で言い表すことはできません。あえて答えると、歌のアルバムのようなものです。写真をたくさん撮《と》ると、その写真を取捨選択《しゆしやせんたく》して、自分が思うように並べ替えてアルバムを作りたいと思った経験はありませんか。この写真はいつどこで撮ったのか、記すこともあります。

歌も同じなのです。いつ、どこで作ったか、残しておきたいですよね。歌と写真には、共通しているところがあります。それは、たいせつな思い出になるものだということです。私のおばあさんやおじいさんは、私が小さい時に、私の写真を撮ってくれていました。そして、その思い出を、私にいつも語ってくれていました。いつも、アルバムの写真を見ながら、私に昔語りをしてくれていました。

写真のない時代、歌は過去に起きた出来事や事件を心に留《とど》める大切な手段でした。それぞれの家に、それぞれのアルバムがあり、そのアルバムの写真から、大切な思い出が語られるように、それぞれの家には、それぞれの歌集がありました。もちろん、そういう歌集は、後の天皇家に繋《つな》がってゆく大和朝廷《やまとちょうてい》の大王《だいおう》の家にもありました。

『万葉集』二十巻のうち、巻一と巻二は、天皇家と天皇家を支える大和朝廷に伝わっていた歌集をもとに編集したものとみてよいでしょう。七世紀後半の持統天皇《じとうてんのう》の時代に、その中心的な部分が出来上がったといわれています。

天皇家にも、それぞれの家にも存在していた歌集を広く集め、さらには自分が記録していたり、集めた歌々をテーマや年代ごとに分類して並べ替えたり、題や注記で説明を加えたりして、歌集のかたちに整えたのが、大伴家持《おおとものやかもち》（七一八頃―七八五）という人です。このような作業を、難しい言葉ですが、「編集」「編纂《へんさん》」などといいます。

その作業を行なったのは、大伴家持ひとりではなく、大伴家持もそのひとりという程度に考えておけばよいでしょう。大伴家持は、梅花の歌を詠んだ大伴旅人の子供で、役人として一生を過ごした人ですが、家持がいなかったら、『万葉集』は残らなかったでしょう。

ですから、『万葉集』が出来るまでには、いろんな人がいたことになります。

①歌を作った人
②作られた歌を書き記した人
③書き記された歌を集めて保存した人
④集められた歌を家ごとの歌集のかたちにした人

⑤家々に伝わっていた歌集の歌から歌を選んだ人
⑥『万葉集』のもとのかたちを作った人
⑦『万葉集』全体を統一して編集した人

そういうさまざまな人々の努力があって、『万葉集』という歌集が誕生したのです。『万葉集』は、八世紀の中ごろまでに、家々に伝わっていた歌集の中から、歌々を取捨選択して編集された書物ということができます。その歌々は、家の人にとっても、宝物《たからもの》だったはずです。なぜ、私が宝物といったかといえば、思い出や古い時代の歴史を辿《たど》るためには、大切なものだったからです。

歌は、声に出して歌うものです。しかし、声に出しただけでは、消えてしまいます。その声を書き留めなくては、歌は残りません。私たちは、文字によって書き残された歌を読んで、声に出すことができます。昔の人と今の人とでは発音は多少違いますが、そうすることで、昔の人の声を蘇《よみがえ》らせることができます。

私が『万葉集』を好きになったのは、この歌を、声に出して蘇らせた時のことでした。

君が行く　海辺《うみへ》の宿《やど》に
霧《きり》立たば　我《あ》が立ち嘆《なげ》く
息《いき》と知りませ

（作者不記載歌　巻十五の三五八〇）

訳してみると、こうなります。「あなたが行く海辺の港の宿で、もし霧が立ったなら、この私がさびしくてさびしくて立ち嘆いて、口から出た息だと思って、私のことを思い出して下さいな」という歌です。おわかりのことと思いますが、これは恋人《こいびと》同士が、離《はな》れ離れになった時に、女の人が男の人に送った歌です。

自分の息が霧となって、好きな人の前に立ち現われるなんて、ロマンチックではありませんか。

声に出せば　歌が蘇る
歌が蘇れば　気持が伝わる

私は、この歌から、『万葉集』を学んでみようと思うようになりました。

皇室文化と『万葉集』

新元号「令和」は、日本で書かれた書物から引用されています。元号はもともと、皇室と深く関わる文化です。この節では、『万葉集』と皇室文化について、語りたいと思います。

古代の言葉で、食べることを「くふ」と言います。この「くふ」という動詞を、敬意を込めた言い方に替えると「をす」となります。天皇はその土地の食物を食べることで、その土地を治《おさ》めていることを表したので、天皇が治めている地域を歌言葉で「をす国」

といいました。

新春に、民の若菜摘《わかなつ》みの場に行くことは、天皇の大切な仕事でした。もちろん、若菜は煮《に》て食べるのです。春がやって来たことを互いに喜び合う行事ですね。そして、若菜摘みの場で天皇は、若菜を摘んでいるすべての乙女《おとめ》たちに結婚《けっこん》を申し込むことになっていました。もちろん、すべての乙女たちと結婚が出来るはずもありません。儀礼《ぎれい》的に、結婚を申し込むのです。かたちだけのことです。

その結婚を申し込む歌こそが、『万葉集』の最初の歌、巻一の一番の歌なのです。「籠《かご》もよい籠、へらもよいへらを持って、この岡《おか》で若菜を摘んでいるお嬢《じょう》さん方よ、家をおっしゃい、名前をおっしゃい」と天皇は乙女たちに呼びかけます。

籠《こ》もよ　み籠《こ》持ち
ふくしもよ　みぶくし持ち
この岡《をか》に　菜摘《なつ》ます児《こ》

家告《の》らせ　名告《の》らさね
そらみつ　大和《やまと》の国は
おしなべて　我《われ》こそ居《を》れ
しきなべて　我こそいませ
我こそば　告《の》らめ　家をも名をも

（雄略《ゆうりやく》天皇　巻一の一）

いやあ、良い籠を持ってらっしゃるし、
良いへらを持ってらっしゃいますね。
この岡で若菜を摘んでいらっしゃるお嬢さんがた、
家をおっしゃい、名前をおっしゃいな。
この大和の国は……
皆、私が君臨《くんりん》している国。

隅々《すみずみ》まで私が治めている国なのですゾ。
ならば、私から名乗りましょう。
家も名前も。

ところが、なぜか乙女たちは答えません。そこで天皇は、では自分から名乗ろうではないか、と言ってこの歌は終わります。古代社会において、家と名前を聞くことは、結婚の申し込みを意味していました。

次に、「見る」ということについて考えてみましょう。食べることと並んで、見ることも天皇の大切な仕事でした。高い所に登って、国のすがたを見ることも、大切な儀式だったのです。香具山《かぐやま》に登った舒明《じょめい》天皇は、「この香具山に登り立って、国見《くにみ》をすると、国原《くにはら》からは煙《けむり》が見え、海原《うなばら》からは鷗《かもめ》が飛び立つのが見える」と歌ったのでした。

先ほどの歌に続く、『万葉集』開巻から二番目の歌です。

大和《やまと》には　群山《むらやま》あれど
とりよろふ　天《あめ》の香具山《かぐやま》
登り立ち　国見《くにみ》をすれば
国原《くにはら》は　煙《けぶり》立ち立つ
海原《うなはら》は　かまめ立ち立つ
うまし国そ　あきづ島　大和の国は

（舒明天皇　巻一の二）

大和には
たくさんの山があるけれども、
多くの精霊《せいれい》たちが集まってくる
天の香具山に
天皇自らが登って

国見をすると……、
国原からは煙が立ちのぼり、
海原からは鷗《かもめ》が飛び立っている。
この大和の国は立派な国だ――。

天皇が「見」たと歌ったのは、いったい何なのでしょうか。煙が立つということは、家々で食事の準備がなされているということです。香具山に登っても海は見えませんが、鷗は豊漁《ほうりょう》を表しているのです。鷗が群がるところには魚が群れているので、鷗は豊かな漁を象徴《しょうちょう》するのです。

つまり、見えたと歌った景色は、あるがままの国土の景色ではないのです。それは、ある、べ、き、国土の姿であるといえます。この歌で大切なことは、天皇が、豊かなる稔《みの》りの景色が見えたぞと歌うことなのです。つまり、『万葉集』の二番目の歌は、天皇が「国原」と「海原」を讃《ほ》めて、そこに住む民たちの未来を祝福した歌なのです。

一方、雪が降ったと言っては、まるで子供のようにはしゃぐ天皇の歌もあります(巻二の一〇三、一〇四)。

そして、『万葉集』の最後は、降り積もる雪のように、吉事《きちじ》が重なれと、天皇の御代《みよ》を祝福する大伴家持の歌で締《し》め括《くく》られています。

新《あらた》しき
年の初めの
初春《はつはる》の
今日《けふ》降る雪の
いやしけ吉事《よごと》

(大伴家持　巻二十の四五一六)

新しい年の初めのお正月——。

そのお正月の今日《きょう》降る雪のように
もっともっと重なれよ、良いことが――。

『万葉集』は皇室文化と深くかかわる歌集であるということができます。

第二章 『万葉集』の出来事

この章では、『万葉集』にはどのような出来事を詠《よ》んだ歌がアルバムとして収められたのか、見てみましょう。現代と変わらず日常の思い出がたくさんあったことがわかるはずです。

夏に、鰻《うなぎ》を食べる

石麻呂《いしまろ》に
我物申《われものまう》す
夏痩《なつや》せに
良《よ》しといふものそ
鰻捕《むなぎと》り喫《め》せ

（大伴家持《おおとものやかもち》　巻十六の三八五三）

石麻呂さんに

わたしはものを申し上げます……
夏痩せには「良い」というものですよ。
鰻を捕ってお食べなさいな。

巻十六には、宴《うたげ》で詠まれた楽しい歌がたくさんあります。その中の一つがこの歌です。「石麻呂」と、人の名前を詠み込んで、私は何々さんにこういうことを言いたいと歌っているのです。皆さんは、「笑点」というテレビ番組の「大喜利《おおぎり》」というコーナーを見たことがありますか。「大喜利」にも、似たようなお題がありますね。

夏痩せに鰻が効《き》くというのは、万葉の昔からの生活の知恵《ちえ》でした。鰻屋さんに行くと、この歌の書がかけられていることが多いです。修業を積んで、独立して店を持ったら、名高い書家にこの歌を書いてもらう。それが鰻職人の夢であるという話を聞いたことがあります。自分の店を持つというのは、大変なことなのです。

鰻が実際に美味《おい》しいのは夏ではないそうですが、鰻の栄養がちょうど夏バテに効くらしいのです。現在、土用《どよう》の鰻として、夏になると鰻が売れますよね。

大伴家持は、石麻呂さんは痩せているんだから鰻を捕《と》って食べなさいと歌っています。この石麻呂についての説明が、この次の歌の注記に書かれています。その人はたいへん痩せていた。たくさん食べるけれども、この人は痩せていた、と書かれています。だから、石麻呂さんよ、鰻を食べて、肥《ふと》りなさいと歌っているのです。皆《みな》さんが夏に鰻を食べる時には、ぜひこの歌を思い出して下さいね。

じつは、この歌のあとには、次のような歌があります。

痩《や》す痩《や》すも
生《い》けらばあらむを
はたやはた
鰻《むなぎ》を捕《と》ると
川《かは》に流《なが》るな

――（大伴家持　巻十六の三八五四）

痩せても痩せても
生きていられたらけっこうなこと……。
もしかして、もしかして
鰻を捕ろうとして
川に流されるなよ！

相手の人が気にしていることを言うのは失礼ですし、相手を傷つけてしまいます。しかし、家持と石麻呂さんとは、親しかったのでしょう。だから、こういうやりとりができたのです。今から千三百年前の人も、こうして言葉のやり取りをしてじゃれ合っていたのです。

少数派の意見を堂々と述べる

人皆《ひとみな》は
萩《はぎ》を秋《あき》と言《い》ふ
よし我《われ》は
尾花《をばな》が末《うれ》を
秋《あき》とは言《い》はむ

（作者不記載歌　巻十の二一一〇）

みんなは……
萩《はぎ》が秋を代表する花だと言う。
ならばわたしは……
すすきだ、

秋の花はと言おう！

日本には、四季があります。四季があるということは、その四季を活《い》かした生活をするということになります。その季節にいちばんおいしいものを食べ、その季節の花を愛《め》でて楽しむ。日本の芸術は、そのほとんどが、いかに季節を楽しむかということをテーマとしています。

茶道《さどう》では、お客さんに、どのようにしたら季節を楽しんでもらえるかを常に考えますし、華道《かどう》も、その時の花の「いのち」をどう生活に活かすかを考えます。お料理だって、日本料理ほど四季を活かして旬《しゅん》を楽しむお料理はありません。この季節にしか味わえない味と香《かお》りを、どうやったらおいしく味わってもらえるかと、料理人さんたちは工夫に工夫を重ねてきました。ことに、見た眼《め》も楽しめるように工夫されているのです。

もちろん、和歌だってそうです。『万葉集』の時代から、四季を歌うことを尊重しています。俳句《はいく》でしたら、五七五のうちに季節感をどう盛《も》り込《こ》むか、俳句を作る人の腕《うで》の見せどころです。

「尾花」とは「すすき」のことです。秋の花では何が好きかという話題になった時に、周りの人びとはみんな「萩がいい、萩がいい」と言ったのでしょうね。すると一人が、「お言葉ですが、わたしは尾花の方が秋の花としては好きです」と言ったのです。この歌は、少数者の意見を堂々と主張したい……という歌なのです。

当時の人びとは、萩をどういうふうに見ていたのでしょうか。そして、尾花をどういうふうに見ていたのでしょうか。『万葉集』で歌の数が最も多い植物は萩であることから、この時代、萩がひじょうに好まれたことがわかります。さらには、庭に萩を植えることも流行していました。尾花、つまり「すすき」も人気があった花だとはいえ、萩よりは人気がなかったのです。それを、一方ではこういうへそ曲がりの人もいて、「俺《おれ》はすすきだ」と言っているわけです。

お饅頭《まんじゅう》で黒あんと白あんのどちらがいいかと尋ねると、だいたい皆、黒あんの方がいいと言います。しかし、少数ながら「お饅頭といえば白あんに限る」と言う人もいますよね。そういう人には、ぜひ高らかにこの歌を歌ってもらいたいと思います。

この歌のおもしろさは、「いやあ、多数意見には負けないぞー」という意気込みが伝わってくるところなのです。ふとした話から、それを歌にしたのです。歌というものは、もちろん芸術としての側面を持っています。しかし、それだけではありません。生活を楽しむ知恵でもあるのです。

私は、和歌についてあまり堅苦《かたくる》しく考えないほうがよいと思っています。カメラやスマホのなかった時代に、「ハイ、パチリ」とスナップ写真を撮《と》るようなものだったと考えた方が、より実態に近いと思っています。

生きるということ

生《い》ける者《ひと》
遂《つひ》にも死《し》ぬる
ものにあれば

この世《よ》にある間《ま》は
楽《たの》しくをあらな

（大伴旅人《おおとものたびと》　巻三の三四九）

生きとし生けるものは、
いずれは死ぬという
運命にある――。
だから、この世にある間は……
楽しく生きていたいものだ。

未成年の読者のための本にお酒の歌を載《の》せるというのはよくないとも思いますが、ここでいうお酒とは、人生における楽しみを代表させていると考えておいて下さい。もちろん、お酒以外にも、ゲームやスポーツなどの楽しみが、今日ではあります。これらのものは、自分が自分であることを失わない範囲においては、人生に彩《いろど》りをそえるものです。

私たちは、勉強をして、修業をして、自立し、生活ができるようにがんばっています。反面、人生の楽しみというものがあって、それは色々です。たとえば、花を見る楽しみもありますが、花を育てるという楽しみもあります。料理を食べる楽しみもありますが、料理を作る楽しみもあります。皆に食べてもらえて幸福だという人もいると思います。「生ける者」というのは生きるものは全てということで、人間に限りません。人間も含まれていますが、トンボでも虫でも、鳥でも何でもいい。さらには植物でもいいのです。

この歌を取り上げると、いつも思い出す兼好《けんこう》法師『徒然草《つれづれぐさ》』の一節があります。「人《ひと》皆《みな》生を楽しまざるは、死を恐《おそ》れざる故《ゆゑ》なり」（第九十三段）……人間として生きていて、生きていることを楽しまないヤツは、死のほんとうの意味をわかっていない大馬鹿者《おおばかもの》であるという名言です。兼好は言います。「存命の喜び」、すなわち命があるということの喜びを大切にしなければならないんだ、と。

私は、この歌を読むと必ず兼好のことばを思い出してしまいます。どんな人でも死ぬという運命から逃《のが》れ得ません。だから、生きている間は楽しく過ごさなければならないんだということを、私はこの兼好の言葉から、いつも再確認するのです。人生は一度きり、片道切符《きっぷ》です。だからこそ、楽しまなければならないのだ、ということですよね。

そういうものの考え方を、私はこの歌から学びました。

生きている間は、仕事も楽しくやらなければいけない。仕事が楽しいということは、仕事がうまくいっているということです。仕事がうまくいっているということは、人生が楽しいということですから、仕事で失敗した時には、楽しい仕事になっていないなあ……だから、一つ一つの仕事を大切にして頑張《がんば》らなきゃいけないと反省するのです。じつは、人生の喜びのなかで、一番大きいのは、仕事から得られる喜びなのです。その意味は、お金を儲《もう》ける喜びもありますが、人から必要とされる人生を歩む喜びというものもあります。

仕事と同じように勉強は大切なのですが、その勉強を楽しむというくらいの気持ちがないといけないと思います。楽しいから愛す。愛すから楽しいという気持ちをもって学ぶことが大切だと私は思います。

春が来た

石走《いはばし》る
垂水《たるみ》の上《うへ》の
さわらびの
萌《も》え出《い》づる春《はる》に
なりにけるかも

（志《し》貴皇子《きのみこ》　巻八の一四一八）

岩の上を
ほとばしり流れ出る滝《たき》のほとりの

蕨《わらび》が
萌え出すように天に向かって伸《の》びてゆく……
春になった！

少し難しい話となりますが、「象徴《しょうちょう》」という言葉があります。ここに、学校の旗《はた》があるとしましょう。旗は学校そのものではありませんね。しかし、その旗があることによって、旗が学校そのものを表すことがあります。たとえば、高等学校総合体育大会においては、各学校が、それぞれの学校の旗を持って集《つど》って来ます。その旗が会場にあるということは、その学校が出場しているということを表しているのです。

国ならば、国旗《こっき》ということになりますね。ですから、オリンピック大会で、優勝した選手の国旗を掲揚《けいよう》する時には、どの国の人でも、その国旗と国歌に敬意を払わなくてはならないのです。校旗が学校を、国旗が国を象徴しているということは、そういうことなのです。

では、春がやってきたことを象徴するものは何でしょうか。ある人は雪解《ゆきど》けというでしょう。ある人は、つくしんぼうが出たというかもしれませんね。つまり、この場合は、雪解けやつくしんぼうで、春が来たことを表していることになります。ですから、雪解けやつくしんぼうは春を象徴するものだということになります。この歌は、春がやって来たことを、わらびの芽吹きで象徴的に表した歌です。

『万葉集』が好きだという人に、「『万葉集』で好きな歌をあげてください」と言うと、この歌をあげる人がひじょうに多いのです。なぜ多いのか。私が思うには、春が来た悦《よろこ》びをこれだけ率直《そっちょく》に、これだけ上品に、そしてこれだけ生き生きと描《えが》いた歌がほかにないからだろうと思います。

この歌は、巻八の最初に掲《かか》げられた歌です。各巻の巻頭の歌には、重要な意味があります。古くからの名歌。さらには有名な人の歌。そして何よりも歌そのものが素晴《すば》らしくなくてはなりません。そのように三拍子揃《さんびょうしそろ》わないと、巻頭歌には選ばれないのです。天智《てんち》天皇の子どもである志貴皇子《しきのみこ》の歌はひじょうに格調が高い歌です。巻頭歌にふさわしい歌と考えられたのでしょうね。

「石走る」は「垂水」にかかる枕詞《まくらことば》ですが、この句は歌全体に一つの動きを与えているといえるでしょう。垂水の様子を生き生きとしたものにしてくれるのです。つまり、この「石走る」という言葉によって、水の流れを私たちは感ずることができるのです。

「垂水」は滝。滝の上のとは、滝の近くのと考えてもよいです。滝の近く、すなわち水しぶきが飛んでいるようなところに、わらびがあるとイメージしてかまいません。

私は毎年四月になり新入生を迎《むか》えると、必ずこの歌を講義することにしています。新入生を祝福するために。この国には、こんなすばらしい歌があるんだよ、ということを伝えたくて。

人をいたわる心

我《わ》が背子《せこ》が
着《け》る衣薄《きぬうす》し

佐保風《さほかぜ》は
いたくな吹《ふ》きそ
家《いへ》に至《いた》るまで

（大伴《おおともの》坂上郎女《さかのうえのいらつめ》　巻六の九七九）

わたしのいい人の
着ている衣は薄いの……。
佐保の風は
きつく吹かないでね、
家にあの人が帰りつくまでは――。

『万葉集』の時代に、大伴《おおともの》坂上郎女《さかのうえのいらつめ》という人がいました。大伴家持《おおとものやかもち》から見れば叔母《おば》さんということになります。家持の親代わりになっていた人です。その叔母さんの家を、甥《おい》の家持が訪ねてゆきました。二人は、楽しく食事をしたり、話をしたりしたのでしょう。その帰り際に、甥にあたる家持に与えた歌が、この歌です。

一般には、「我が背子」といえば、「わたしの夫」とか「わたしの恋人」ということになりますが、あえてユーモラスに表現したのです。その「我が背子」が着ている衣《ころも》は薄い、だから風よひどく吹かないでおくれ……家に帰るまでは、と歌っているのですね。

さて、「佐保風」とは、どんな風なのでしょう。佐保に吹く風という意味ですね。この佐保の地に大伴氏の邸宅《ていたく》があったのでした。したがって「佐保風」とは、家を出てすぐに家持に吹きつけてくる風、ということになります。家に帰り着くまでは、風よ吹いてくれるな、と風に頼んでいるのですね。甥を気遣《きづか》う叔母の愛情を読み取ることができますよね。と同時に、私は「じゃれ合い」のようなものを感じます。それは、叔母は恋人《こいびと》を送るような表現で甥を送り出し、家持を茶化しているからです。「わたしのいい人が家に帰り着くまで、風よ吹かないでおくれ」と、はやされて見送られた家持は、どのような顔で叔母のもとを後にしたのでしょうか。

叔母さんは、家持に衣《ころも》（着物）をプレゼントしたのです。しかし、その衣が薄かった。だから、こう詠《よ》むのですね。じつは日本でも、戦前まで、衣を作るのは女性の仕事でした。女たちは、愛する人のために毎日毎日、来る日も来る日も、衣を作ったり、破《やぶ》れたところを繕《つくろ》ったりしていました。私の母も、いつもミシンを踏《ふ》んでいたような気がします。皆さんは、ミシンを踏むといっても、分からないかな。足踏み式ミシンというものは、足で板を踏んで、ミシンの動力にしていたのです。また、洗濯《せんたく》も大変でした。皆さんの家に洗濯板というものはありますか。でこぼこの板に布を擦《す》りつけて、洗濯をしていたものです。

万葉時代は、種をまき、麻《あさ》を育てて、麻の繊維《せんい》を取り出して、これをよく打ち、糸にしました。その糸は短いものですから、より合せる必要があります。そうして、糸を作って、機織《はたお》りをして、布地ができます。これを水によくさらして、反物《たんもの》にします。この反物を縫《ぬ》い合わせて、着物を作ったのです。

いくつもの工程に分けられるのは歌の流通チェーンと同じですね（二九頁からの①～⑦）。

モノを作っても流通させる人がいなくては、必要な人のところにモノは届きません。だから、男の人は、あつらえてもらった衣を大切にしました。そんなことを考えて、この歌を読んでくださいね。

風に思う

采女《うねめ》の
袖《そでふ》吹き返《かへ》す
明日香《あすか》風《かぜ》
京《みやこ》を遠《とほ》み
いたづらに吹《ふ》く

（志貴皇子《しきのみこ》　巻一の五一）

采女たちの

袖を吹き返していた
明日香風は、
都が遠のいてしまったので……
今はむなしく吹いている。

前にも述べたとおり『万葉集』は、二十巻四千五百十六首から成り立つ歌集です。八世紀の中葉《ちゅうよう》にできたこの歌集は、現存最古の歌集です。私たちは、『万葉集』をひもとくことによって、はるか千三百年前の人と対話することができます。

『万葉集』がなぜ作られたかということについては、難しいのですが、おそらく歌で綴《つづ》られたアルバムだと考えて間違いありません。写真というものは、時間を止めて、思い出を残します。歌も同じです。そうそうあの時は、そういう歌を歌ったよな。おじいちゃんは、こんな歌を詠んでいたのだと思いながら、『万葉集』は読まれていたと思います。アルバムとして編集されたのだと思います。

この歌は、明日香宮から藤原宮《ふじわらのみや》に都が遷《うつ》った後に、志貴皇子《しきのみこ》が作った歌です。明日香は、現在の奈良県明日香村。藤原は、同県橿原《かしはら》市にあたります。大和《やまと》時代とは、主に都が現在の奈良県にあった時代をいいますが、明日香も、藤原も、都のあったところです。明日香には、西暦《せいれき》五九二年から六九四年まで、藤原には、六九四年から七一〇年まで都がありました。

采女《うねめ》というのは、全国から集められた地方豪族《ごうぞく》出身の女性たちのことです。彼女たちは、天皇のそばに仕え、さまざまな仕事をしていました。この歌は、「そこにはただ風が吹いているだけ」と都が遷ってしまった寂《さび》しさを詠んだ歌です。ただ、明日香と藤原は近くて、歩いて約二十分程度なのですが、それでも寂しいと思ったのは、なぜでしょう。それは、明日香への強い愛着があったからです。愛着がある場所を離れるのは、じつに辛いものですよね。たとえ隣《となり》の中学校や小学校に転校したとしても、寂しく感じられるでしょう。人とは、そういう生き物なのです。志貴皇子も、「そこにはただ風が吹いているだけ、昔は都だったんですが……」と歌っているのです。

明日香村の甘樫丘《あまかしのおか》というところには、この歌の歌碑《かひ》があります。そこからは、東南の眼下に明日香を望むことができます。さらに北に眼を転じると、天《あめ》の香具山《かぐやま》が見えます。そして、香具山の西のほうには藤原宮の跡《あと》が広がっています。皆さんにも、ぜひ見てほしい景色です。

この歌に思いをはせるためには、たとえば、廃校《はいこう》になってしまった校舎や、今は使われなくなってしまった船を思い浮かべるとよいかもしれません。「あぁ、自分はここで昔遊んだんだけどな」というふうに。転校しても寂しいのに、自分の通っていた学校がなくなってしまうとなれば、もっと寂しくなりますよね。

それと同じように、「あぁ、昔はここに都があったんだけどな」という作者の感傷の気持ちが伝わってくる歌です。このような印象を胸に、この歌を口ずさみながら、明日香を歩いてほしいものです。

妻の面影《おもかげ》を見る

我《わ》が妻《つま》は
いたく恋《こ》ひらし
飲《の》む水《みづ》に
影《かご》さへ見《み》えて
よに忘《わす》られず

わたしの妻は、
たいそうわたしを恋《こ》い慕《した》っているらしい……。
飲む水に影さえ見えて、
どうしても忘れられない――。

（若倭部身麻呂《わかやまとべのみまろ》　巻二十の四三二二）

生きてさえいれば、よいことに出会います。楽しいことにも出会います。しかし、反面、苦しいことにも出会います。たとえば、ある人を深く深く愛したとしましょう。しかし、その人と一生いられるわけではありません。生き別れもありますし、死に別れもあります。生きるということは、楽しみを生きるということでもあり、苦しみを生きるということでもあるのです。しかし、人には、時として、悲しみを背負ってでも旅立つ必要がある場合もあります。

『万葉集』の時代、日本は苦難の時代でした。白村江《はくそんこう》の戦い（六六三年）という大戦で大敗したのです。そのために、外国の軍隊が攻めて来る可能性もありました。つまり、国がなくなってしまう可能性があったのです。こういった時代においては、誰もが苦労して、持っている力を出しあう必要があります。『万葉集』の時代とは、そういう時代だったのです。今、皆さんは、平和の時代を生きていますし、私も平和な時代を生きています。しかし、平和な時代ばかりではないのです。

これは、防人歌《さきもり》です。防人とは、東国から筑紫《つくし》の国の防衛のために派遣《はけん》された人びとのことをいいます。現在では、農民兵というようなイメージで捉《とら》えられています。東国は具体的には静岡県から関東にかけてですし、筑紫は現在の九州を中心に考えればよいでしょう。

地縁、血縁が全くない筑紫に、東国の人びとが派遣されました。ですから、家族とはその間別れ別れになっています。当然、寂しく悲しい。そういった気持ちが、防人歌には込められているのです。

「影《かご》」は、なまっていますが、影《かげ》のことです。この作者は遠江国麁玉郡《とおつおうみのくにあらたまのこおり》、すなわち現在の静岡県西部の出身の人でした。当時近畿地方では「かげ」といったのですが、この地方の人びとは「かご」となまっていたのでしょう。「よに忘られず」とは、全く忘れられないんです、という意味となります。水を飲む時には、器あるいは手ですくいますよね。ふっとその水を見ると、そこには妻の影が映っていたというのです。ああ、そうか、妻は私のことを思っているから、こういう水鏡に映るのだなあ、と作者である若倭部身麻呂は考えたのでした。ということは、男の方も、妻のことが忘れられないのです。

自分の妻が私をいとしく思い、私もいとしく思っています……というようなことを人前で公言する人が、今の日本にどれほどいるでしょうか。ほんとうに相思相愛でも、みんなの前ではたいしたことないよ、あまり好きじゃないけど、まあ成り行きで一緒になったんだけどね、なんていうことを言う人がほとんどですよね。万葉びとは、今のイタリア人のような感性を持った人びとだったのかもしれません。つまり、常に恋に情熱をもって、その気持ちを相手やそれ以外の他人にも伝えようとする人びとです。

月と船出

額田王《ぬかたのおほきみ》の歌

熟田津《にきたつ》に
船乗《ふなの》りせむと

月待《つきま》てば
潮《しほ》もかなひぬ
今《いま》は漕《こ》ぎ出《い》でな

（額田王　巻一の八）

熟田津で
船乗りをしようと
月を待っていると……
潮の状態もよくなった、
――さあ漕ぎ出そう。

歌というものは、個人の感情を表すものです。わかりやすくいえば、ひとりひとりの気持ちを表すものです。しかし、歌は、時として、人の心を一つにするものとして機能

することもあります。たとえば、校歌がありますね。校歌を歌うと、その学校の生徒や先生の気持ちが一つになれますよね。その場にいる人の心を一つにするために、私たちは歌を歌うこともあるのです。

この歌は、額田王《ぬかたのおおきみ》（生没年不詳）の歌の中でも、代表作といわれる歌です。額田王は、斉明《さいめい》天皇から天智天皇の時代に活躍した宮廷歌人です。

斉明天皇七年、六六一年の正月六日に斉明天皇を船団の総帥《そうすい》と仰《あお》ぐ軍団が、熟田津《にきたつ》を出航しました。斉明女帝は時に六十八歳。なんと六十八歳で船団を率いて筑紫《つくし》に、天皇自らやって来たのです。朝鮮半島の情勢が緊迫していて、友好国であった百済《くだら》が唐と新羅《しらぎ》の連合軍に圧迫されるに及んで、斉明天皇は筑紫に行き、その劣勢《れっせい》を挽回《ばんかい》することを計ろうとしたのでした。

この折、額田王も天皇に同行したのです。さて、この歌は額田王一人が何か思って作ったというよりも、斉明天皇の心を代弁し、斉明天皇が全軍に呼びかけるかたちで、披露したと考えるのがよいと思います。

熟田津から船乗りをしようと月の出を待っていると、よい月が出そうだ。潮もよい、だから今出発しよう、と歌っているのです。つまり、よいことが二つ重なったと言っているのです。船出を祝福してくれるかのように。この歌は、船出を祝福する歌であり、「幸先《さいさき》がいいぞ」と人びとを励《はげ》ます歌なのですね。

私はこのような表現に、額田王が宮廷の中で与えられた歌人としての立場というものを考えてしまいます。つまり、額田王はこの時点において、宮廷を代表して歌を詠《よ》み得る立場にあったのです。たとえば、学校を代表してピアノコンクールに出るとすれば、学校のなかで、この人はうまい人だと考えられている人ですよね。彼女はこの時、宮廷の中に活躍の場が与えられ、歌人としては絶頂期を迎えようとしていました。

『万葉集』には、多くの女性歌人も登場しますし、また天皇から身分の低い人まで、あらゆる人が登場します。

『万葉集』がめざしていたのは、すべての人びとの心が、歌の力で一つになることなのです。いわば、オール・ジャパンの精神だと思います。もちろん、身分制度がありましたし、今日から見れば少数の人間に権力が集中していた社会でした。しかし、『万葉集』は、そういう時代であればこそ、なるべく多くの人の歌を集め、人びとの心を一つにしようとした歌集だったといえると思います。

影法師さん、こんにちは

物《もの》に寄《よ》せて思《おも》ひを陳《の》ぶる

朝影《あさかげ》に
我《あ》が身《み》はなりぬ
韓衣《からころも》
裾《すそ》のあはずて
久《ひさ》しくなれば

（作者不記載歌　巻十一の二六一九）

影法師のように……
わたしは痩せてしまいましたよ。
会わない日が久しくなりましたので――。

古代の人びとは、恋とは苦しいものであるけれども、人生にとって大切なものであると考えていました。つまり、恋というものを大切なものであると肯定的に見ていたのです。こういうものの見方は、十八世紀のフランス文学と共通しています。苦しいものであるが、恋こそ人生そのものではないかという考え方です。読者の皆さんのなかには、そんなに苦しいものがなぜ人生の宝物《たからもの》になるんだ、と疑問に思う人も多いでしょう。私も不思議に思います。

男女のことに限るより、広く捉《とら》えた方が、わかりやすいかもしれません。たとえば、あなたがフルートという楽器を深く愛するとしましょう。しかし、フルートを上手《うま》く吹くことができません。自分は、こんなにこの楽器を愛しているのに、どうして上手くならないのだろうと悩《なや》むはずです。しかし、そういう悩みがあればこそ、さらにこの楽器を愛そうと思うはずです。

この歌は、巻十一に収められている歌です。寄物陳思歌《きぶつちんしか》といって、何か一つのものに、自分の気持ちを重ね合わせ、自分の思いを述べる歌です。

まず、朝日や夕陽《ゆうひ》に映る影法師のことを想像してみて下さい。朝影になっている我が身というのは、細く、長く伸びる影になるということです。影法師は大きなものにもなり、自分の体は細く見える。つまり、朝影にわが身はなりぬというのは、朝の影に映る自分のように、そんなくらいに痩せてしまった、ということなのです。

「韓衣」は、中国風、大陸風の衣装。この衣装は、前合わせの部分があまり重なりません。対して、大和《やまと》風の服は、重なるところが大きいのです。つまり、裾《すそ》があまり重ならない、そのように会わない日が久《ひさ》しく続いたというのです。「あはず」を引き出すために「韓衣裾の」という序《じょ》を付けているのです。序とは、何かの言葉を引き出すために付けられた句のことをいいます。しかし、その序が付くことによって、いろいろなイメージが歌に加わってゆくのです。

この歌は恋やつれをした人の歌です。恋人のことを思うと、食事が喉《のど》を通らなくなる、だから、痩せてしまうということを歌っているのです。

ある時に、私のゼミナールの女子学生が一カ月でみるみるうちに痩せてしまいました。おそらく、五、六キロ減ったのではないでしょうか。現代人も、恋やつれするのです。

恋は神代《かみよ》の昔からと言いますが、万葉びとも恋をして痩せたのです。痩せてしまうほどの恋にめぐりあった時は、この歌を思い出して下さい。

見立てとは

天《あめ》を詠《よ》む

天《あめ》の海に
雲の波立ち
月の舟

星の林に
漕《こ》ぎ隠《かく》る見《み》ゆ

（作者不記載歌　巻七の一〇六八）

天の海に、
雲の波が立つ……。
月の舟は、
星の林に……、
漕ぎ隠れてゆくのが見える——。

たぶん、私は二十歳《はたち》くらいの時に、この歌を読んだと思います。今でも、忘れもしません。驚いて、笑って、そしてすごいと思いました。人には、忘れられない歌というものが、あるものなのです。皆さんにも、これから、そういう歌に出逢《であ》ってほしいと思います。ひとりひとりが、それぞれ好きな歌を持ってほしいと思います。『万葉集』でロマンチックな歌を一つあげなさいといわれたら、私はこの歌をあげます。『万葉集』でメルヘンチックな歌を一つあげなさいといわれたら、私はこの歌をあげます。

大空が海なら、雲は波だ。ならば、月は舟《ふね》となろう。その星の林に、舟が漕ぎ隠れているのが見える、というのですから。

この歌は巻七のいちばんはじめに収められています。すでに『万葉集』が編纂《へんさん》された時代には、高い評価がなされていたのでしょう。スケールが大きくて、ロマンチックで、しかもメルヘンの世界。何か物語が聞こえてきそうなこの歌を、編纂者は巻七のいちばん最初に据《す》えているのです。おそらく七夕《たなばた》の歌であるともいわれていますが、よくはわかりません。こういうロマンチックな歌の世界が、すでに『万葉集』で展開されているのですね。

「天の海」は、大空。天が海原のように広がってゆく。つまり、空を海にたとえているのです。「雲の波立ち」は大空が海であるならば、雲は波であると雲を波にたとえているのです。

そこに見えるのが月の舟。雲間から見える月は舟に見えると作者は歌い継《つ》いでゆきます。おそらく三日月とか半月のように舟の形に見える時があるので、こういう表現になったのでしょう。そうすると星は何か？　星は林のように見えるというのです。このように、海ではないものを海に、舟ではないものを舟として見る見方を、「見立て」といいます。

「見立て」とは、見る人に、そのものをどう見たらよいか、案内することです。ここに、庭があります。水などどこにもありません。しかし、その庭を見ると、まるで川の流れのように見えます。むしろ、水がないこの場所に立ってもらい、水が流れているように思わせる庭があります。それが「枯山水《かれさんすい》」という庭です。「見立て」というのは、そういうものの見方をいうのです。見る物が別の物であるということが、よくわかっている。よくわかった上で、私はこう見たいのですよと告《つ》げるのが見立てなのです。

「長屋の花見」という落語があります。貧乏な人たちも、やっぱりお花見をしたい。だったら、どうするか。お酒の代わりにお水を飲み、玉子焼きの代わりに沢庵《たくあん》を食べて、花見をしようというのです。これなども、立派な見立てです。この玉子焼き、歯ごたえがあって、美味《おい》しいなぁ、などと言うところがこの落語にはあります。

第三章

『万葉集』のことばに学ぶ

この章では、『万葉集』をはじめとする古典に出てくるさまざまなことばの解説をしていきたいと思います。

ありがとう

『万葉集』で「ありがたし」といえば、珍しいという意味です。つまり、あるのが難《むずか》しいということです。あるのが難しいということは、することも難しいということです。あなたは、普通の人ができない難しいことを私にしてくれました。そういう感謝の意を込《こ》めて、「ありがたし」と言うようになりました。これが、現在、感謝の気持ちを表す言葉になっている「ありがとう」の語源です。

医者　残念ですが、上野教授のお命は、この二日が山場でしょう。

妻　そうですか。私も、覚悟《かくご》はしていましたが。やはり、主人のことが不憫《ふびん》でなりません。よくしていただきました。これまで、いろいろ励《はげ》ましていただいて。

医者　いや、それが私どもの務めでありますから。
妻　オヨヨ（泣く声）
上野　あっあ……
妻　オヨヨ
上野　あっあ……

これは、この文章を書いている私こと、上野誠《まこと》先生が、自分の最期《さいご》のことを思い浮かべて書いた文章です。さて、ここでいきなり問題です。上野先生が、「あっあ……」と言ったとありますが、上野先生は、何を言いたかったのか、考えてみて下さい。もう、冒頭の文でネタバレしていますよね――。

さぁ、わかりますかぁ。答えは「ありがとう」です。なぜ、そう言おうと思ったかというと、これまで苦労をかけてごめんなさい。ほんとうに私の人生をよく支えてくれました。感謝しますという気持ちを、妻に伝えたいからです。

私は、ここで「ありがとう」という言葉を使いましたが、もしこれを漢語でいうなら「感謝」ということになります。意味は同じですよね。だから、「感謝します」と言ってもいいはずです。しかし、死の床で、私は、「感謝します」とは、言わないと思います。やはり、「ありがとう」です。

では、「感謝します」と言うのと「ありがとう」と言うのでは、何が違うでしょうか。感謝しますと言うと、どこかよそよそしい。夫婦《ふうふ》の間、しかも死ぬ時には、心の底から自分が大切にしていた思いを伝えたいものです。そんな時に、「感謝します」と言っては、冷たい感じがするのです。

ここからは、喩《たと》え話となりますが、言葉には、その言葉がもっている温度のようなものがあります。温かい温度が必要な時と、冷たい温度が必要な時があります。私が、自分が死ぬ時に「感謝の意を、ここに表明します」と言わないのは、温かみのある言葉を使いたいからです。

一方、冷たい言葉が必要ないかといえば、そんなことはありません。たとえば、人命救助をした人に贈《おく》る感謝状では、「貴殿《きでん》の勇気を讃《たた》え、ここに感謝の意を表明します」と私も書くと思います。皆《みな》の前で、公の席で、その行動を誉《ほ》める時には、かしこまった言い方をしなくてはなりません。こんな時は、「感謝の意を表明します」と言うのです。

つまり、言葉というものを使う時には、時と場を選ぶ必要があるのですね。たぶん、私が死の間際に「あっあ……」としか言えなくても、妻はその言葉が、「ありがとう」だとわかると思います。言葉というものは、発する側も、相手によくわかるように使うのがあたりまえですが、聞く側も、相手が何を話そうとしているのか、よく考える必要があります。伝える人と聞き取る人が互いに協力しあってこそ、言葉というものは伝わるのです。

では、声に出さなければ思いは伝わらないかといえば、そうではありません。声に出せない時は、頭を下げることで、感謝の気持ちを伝えることができます。

私は、子どものころ、「ありがとう」という言葉がなかなか言えませんでした。だから、この章は、「ありがとう」から始めました。ありがとう。

無常を知る

「無常《むじょう》」という言葉があります。これを大和《やまと》言葉でいうと「つねなし」となります。「つね」というのは、「つねひごろ」の「つね」です。つまり、「つね」がないというのは、ものごとというものは、変化してゆくものだということです。『万葉集』にも出てくる「つね」「つねなし」すなわち「無常」ということについて、考えてみます。

こんなことをいうと驚《おどろ》くかもしれませんが、昨日のあなたと、今日のあなたは、もう別の人になっています。昨日までのあなたは、昨日までの経験を積むことで、もう別の人になっています。人は経験を積むことで、あらたな生き方を求めてゆきますからね。

一方、体も目には見えない変化をしています。体力が上向く、身長が伸《の》びるというように。五十九歳の上野先生の場合は、体力は落ちる、目も悪くなることになります。学校だって、街だって、一日一日と変化しています。

まだ十代の読者の皆さんは、二十歳や三十歳になった自分を想像することはできないでしょう。でも、過ぎ去った歳月というものは、じつに短いものです。百歳になった人に、百歳までの道のりは長かったですかと聞いたところ、短かったと言ったそうです。では、どれくらいでしたか、と聞いたところ、つい昨日のようでしたと答えたということです。百年も、つい昨日のことのようだと感じるのだそうです。

無常を知るということは、どんなに強いものでも、それは滅びる。どんな小さいものでも、大きくなることがある。生きるということは、無常を知ることなんですね。奈良県の吉野地方にこんなわらべ歌があります。

お寺の花子さん
お寺の庭で　種まいて　種まいて
芽が出て　ふくらんで
花が咲《さ》いて　しぼんだ……
ジャンケンポン

よく見て下さい。種をまくと、芽が出ます。そうすると、ふくらんでゆきます。そして花が咲きます。花は美しいですが、永遠に咲き続けるわけではありません。しぼんでゆきます。でも、そこからまた種が生まれてゆきます。残念なことに、この本の読者の方々も、あと百三十年は生きられません。命は有限なのです。そういうことを、若い時から考えてゆくべきだと思います。

もう二十年以上も前のことです。私はロンドンで、とある研究集会に出席しました。イギリスのある学校で行なわれている教育プログラムを見て、仰天《ぎょうてん》しました。スライドで、一歳から百歳までの男女の裸《はだか》の写真を、五分足らずで、三回見るのです。最初は、まる裸ですから、ドギマギしましたよ。でも、しばらくすると、あぁ、赤ちゃんというのは、こんなにぽっちゃりした体なんだなぁ。十歳になると肩幅《かたはば》が広くなるなぁ。女の子の胸も大きくなるなぁ、と思うようになりました。そして、年をとると背筋《せすじ》が伸びなくなって、前かがみになるなぁ、と思いつつ見ました。十五分後に思ったことは、そうかぁ、人間というものは、こうやって成長し、年をとって、老《お》いてゆくのか。そして、その先は死ぬんだなぁと思いました。人間の体というものも、日々変化してゆくのです。

今日という日は、二度とやって来ません。ならば、今日を生きるということが大切なんですよね。今日、一生懸命《けんめい》遊んだという人は〇《まる》です。一生懸命勉強したという人も〇《まる》です。楽しかった。そう思える一日を送った人は、今日という日を大切に生きた人です。いつか終わりの日が来るのだから、今を大切に生きよう。それが、明日につながる。今日という日は、二度と来ない。そういうことを知るというのが、無常を知るということなのです。

心をつなぐということ

『万葉集』をはじめとする古典に、「さやけし」とか「さやかなり」という言葉があります。それは、清らかな景色を褒《ほ》める言葉でもありますが、清らかな心の内をいう言葉でもあります。この私が、「さやけし」と感じた瞬間の話をします。

私の教え子で、宮城県気仙沼《けせんぬま》市出身の女子学生がいました。二〇一一年の東日本大震災で甚大《じんだい》な被害を受けた街です。ちょうど三年生で、帰省している最中に、彼女は被災したので、大学側は慌《あわ》てました。私も、慌てました。私たちは何度も電話をしたのですが、まったく繋《つな》がりません。三日目のこと、ようやく電話が繋がって、ほっとしました。彼女は、早口で、次のように言いました。

ありがとうございます。私とその家族は無事です。今、電話が繋がりましたが、電話が繋がらない人がたくさんいます。ですから、これで電話を切ります。奈良大学に帰るのは、少し遅れます。申し訳ありません。

こう言って、彼女はすぐに電話を切りました。私は、彼女の偉《えら》さを知りました。自分たちが長く話していると困る人たちもいる。だから、これで電話を切りますと言ったからです。五月の半ば過ぎに、彼女はようやく、キャンパスに戻って来ました。彼女は、私たちに、こう話してくれました。

いろいろなお手伝いをしましたが、三月後半になると、だいぶ落ち着いてきました。そこで、高校の同級生と話し合って、こんなことをはじめたのです。何のお役にも立てないんですけど、津波があったのは三月でしょ。高校に入学が決まっていた子たちは、もう制服を買っていたんですね。ところが、それを津波で流された人も多かったんです。考えてみたら、私たち卒業生の家には、制服がまだあるでしょ。思い出に一着くらいは、とっておくものです。その制服を借り集めて、全部サイズを書いて、避難所の一室に用意したんです。そして、制服がない人は、貸し出しますって。入学式の時に、制服がないというのは、かわいそうじゃないですか。それに、被災者の方々は、中途半端《ちゅうとはんぱ》に同情されるのは、いやなもんなんですよ。あの人は、制服がないのは、かわいそうだなぁ、というようにね。だから、制服のレンタル屋みたいなことをしました。お金は、タダなんですけど。

でも、しまっていた制服が役に立ったといって、貸した方が、喜んでくれたんですよ。役に立つ嬉《うれ》しさというものも、あるんですよね。

恥ずかしい話ですが、彼女の方が、私などより、ずっと大人だし、立派だと思いました。だから、私は、彼女のような人間になりたいと思いました。人には、人それぞれに、プライドというものがあります。尊厳というものがあります。被災者に衣服を与えればよい。食事を与えればよい。住むところを与えればよいというものではないのです。相手を思いやる心というものがなくてはならないということを、彼女から学んだのでした。ボランティア、ボランティアというけれども、その場に行って、自分で感じて、自分にできることがないか、探すことが大切なのでしょう。心と心というものを、どう繋いで、それを力としてゆくのかということを、私は学んだのです。はて、どっちが学生か教師か?

その話を聞いていた落語研究会の部員たちが、彼女が働いた気仙沼の地区に、出前の寄席《よせ》をすることになりました。彼女は、すぐに貼り紙を大学構内に出しました。「寝袋を持っている人は、貸して下さい。気仙沼で使います」。すると、三十以上の寝袋が三日で集まりました。彼女は、こう言いました。もちろん、行けば布団は貸してくれますよ。でも、ボランティアに行った私たちが、被災者の方々にお世話してもらうことになるケースが多いんですよ、と。

私は、彼女の心を知って、「さやけし」「さやかなり」という言葉を思い起こしました。

まず、なによりも行動がさわやかで、明るい。彼女の心も「さやけき」ものであると思うし、彼女がボランティアをしている光景を想像すると私の心も「さやか」になります。日本も捨てたもんじゃない。

心と言葉

「言霊《ことだま》」という言葉を知っていますか？

言葉の魂《たましい》のことです。古代の人びとは、言葉には魂が宿ると考えていました。だから、良い言葉をいえば、その魂の力で良いことが起こると考えていました。また、悪い言葉を言えば、悪いことが起こると考えていました。心と言葉はどのように連動するのでしょうか？

よい言葉を覚えなさい、とよく言われます。正しい言葉を覚えないといけませんと、よく言われます。しかし、私はそういう言い方をされると、大切なことを忘れているのではないかと思ってしまいます。それは、言葉とは心を表すものであるから、まずは心が大切ではないのかということです。ですから、言葉を鍛《きた》えるということは、心を磨《みが》くということと一体のはずです。

私の近所に、頼《たの》まれてもいないのに、毎朝公園の砂場を掃《は》いている人がいます。よく見ると、石やガラス、釘《くぎ》などが紛れ込んでいないか、見ているようです。やって来たお子さんが、怪我をしないように、見守って下さっているのです。私は、公園を通りかかる時に、「おはようございます」と声をかけるようになりました。そのうち、

今日は、寒いですねぇ。

今日は、暑くなりそうですねぇ。

などと、声をかけるようになりました。また、春になれば、

今日は、花冷えですねぇ。

と話すようになりました。花冷えとは、桜の花が咲く頃に、急に冷え込む日のことをいいます。私はこういう言葉を自由自在にかけられるわけではありませんが、早く自在にかけられるようになりたいと心がけています。

では、大切なことは、何なのでしょうか。大切なことは、地域の子どもたちのために、砂場をきれいにしてやろう、安全にしてやろうという気持ちを持っている方に対する敬意です。私は、近所の子どもたちを見かけると、

皆が楽しく遊べるのは、この方のお蔭《かげ》ですよ。「ありがとう」と言いなさい。

と言うことにしています。誰からも頼まれていないのに、ただ家の前に公園があって、砂場があるというだけで、子どものために、砂場を掃く人。そういう人に対して、感謝の気持ちを込めてごあいさつをする。そういう気持ちがあれば、ではどうやったら、気持ちのよいごあいさつができるか。どうやったら、季節の話題で心をなごませることができるようになるか、自然に考えるようになります。

皆さんは、学校で俳句を習いましたか？　俳句には、必ず入れなければならない言葉があります。これを「季語」といいます。「花冷え」の花といえば、桜のことですから、桜のころの季節というと、春ということになります。いや、秋に咲く花だってあるぞ、と言う人もいるかもしれませんが、季語というものは、約束事なので、「花冷え」とい

えば春の季語ということになります。

上野先生は、国語の先生ですから、国語のテストの問題を作らなければなりません。その折によく出題するのが、この「花冷え」と「七夕」です。「七夕」は夏の行事と思いがちなのですが、旧暦《きゅうれき》の七月は秋にあたりますから、「七夕」は秋の季語となります。いわば、ひっかけ問題というやつです。一見わかりやすそうに見えて、じつは違うという問題です。

テストで、よい点をとることは大切です。だから、「花冷え」と出てきたらすぐに春の季語だとわからねばなりません。でも、そこで終わってしまう人は、ほんとうの意味で、その言葉を知っている人ではありません。桜の花が咲きはじめたのに、今日はなぜか、寒いなぁ。砂場の前を通りかかるときに、そこで掃除をして下さっている人に、「花冷えですねぇ」とごあいさつしてみよう。そうすれば、さわやかな朝のごあいさつになる。そう思って、「花冷え」という言葉を使える人が、本当の意味で言葉を知っている人なのです。テストで答えられても、それは、それだけのことです。心のない言葉は、ただ空しいだけです。

まごころとは何か

『万葉集』をはじめとする古典を学んでいると、言葉というものが、どういう仕組みになっているか、気になります。日本語には「接頭語」というものがあります。語の上に冠して、意味を添《そ》える言葉のことです。「なか（中）」でも、ほんとうの「なか」なら、「まんなか」。さらにそれを強調すると「どまんなか」となります。ほんとうの「こころ」を「まごころ」といいます。「ま」も接頭語です。

建築家の佐川旭《さがわあきら》さんから、こんな話を聞いたことがあります。

上野先生、建築というものは、外から見える部分よりも、見えないところの方が多いんですよ。だって、そうでしょ。床《ゆか》の下は見えないし、天井裏だって見えない。それに、ビルの場合は、地下に杭《くい》を打ってるんですよ。そういうところは見えませんよ。でも、見えないところで手を抜くと、家が傾《かたむ》いたり、雨漏《も》りをして大変なことになります。目に見えるところは、誰でも良い仕事をするんですよ。見えないところが、大切です。それに、建築の失敗というものは、すべて見えないところで起こるんですよ。私は、なるほどと思いました。人が見えないところを大切にするのが「まごころ」だと思ったからです。

奈良大学のおトイレには、ただ一輪なのですが、ガラスの瓶《びん》に季節の花や草が活《い》けられています。それは、掃除《そうじ》を担当してくれている方が、自分の判断でそうしてくれているのです。そこで、私は、どうして花を活けてくれているんですか、と聞いたことがあります。すると、その方は、不思議そうに私の方を見て、こう言いました。

ないよりも、あった方が良いと思います。

あまりにも、そっけない返事だったので、驚きました。すると、恥《は》ずかしそうにこう言われました。

花を活けることも、掃除の一つだと思うんです。だって、そうすれば安らぎがありますから……。

つまり、掃除といっても、その場の汚れを取るだけではない。花を活けることは、その場をきれいにすることなのだということを、おっしゃっているのでしょうね。自分の仕事は、この場をきれいにすることだ。だから、きれいにすればよいと考えるか、どうしたら、ここに来る人に安らぎを与えることができるのかと考えるか。考え方がまったく違うのです。

この話を聞いて、私は、自分の愚《おろ》かさを恥じました。私は、節の最初に建築の先生の話を書いたのですが、見えないところに、まごころを込めることこそが大切だということを学びました。そして、今、人の省《かえり》みないものに心を込めることで、人は安らぎを得るということを学びました。

人は、よく勉強しなさいと言いますが、勉強というものは、教室や勉強部屋ばかりでするものではありません。新聞を読んで、わからない言葉があったら、メモしてみる。そして、辞書を引く。さらには友達や大人と話してみる。そのすべてが勉強です。もちろん、テストに出るところをしっかり覚えて、点数を取ることだって大切でしょう。そうして、百点を取ることができるかもしれません。しかし、それは、百点を取ったということだけです。

私たちは、自分で得た知識を、世の中に活かして、生きてゆかなくてはならないのです。百点を取ったからといって、それはその時だけのことです。突然、テロにみまわれて、愛する人が死んでしまったら、どんな気持ちだろう。その国の大統領は、どんな演説をして、国民を励《はげ》ますのか。そして、今の自分に何ができるのか。そういうことを考えられるようになることが、本当の学力なのです。

おトイレに、花を活けたとしても、ほとんどの人は、見向きもしません。また、花を活けた人のことなんて思いません。しかし、そういう人の努力があって、この場所が美しくなり、心の安らぎが得られるのです。人の見えないところで、人がどれだけまごころを尽くしているかで、その社会や、その国の良《よ》し悪《あ》しというものは、決まるのだと思います。

第四章　『万葉集』の場所と人

この章では、『万葉集』に登場する場所と人に注目して、歌を読んでみましょう。

大和《やまと》の都

あをによし
奈良《なら》の都は
咲《さ》く花の
薫《にほ》ふがごとく
今盛《さか》りなり

（小野老《おののおゆ》　巻三の三二八）

「ふるさとは遠きにありて思うもの」と言われています。つまり、「ふるさと」に居る時、人は「ふるさと」を意識しないのです。むしろ、「ふるさと」を離れてこそ、「ふるさと」を意識するのです。防人《さきもり》を統括《とうかつ》する役人として、九州の筑紫《つくし》・大宰府《だざいふ》に赴任《ふにん》して

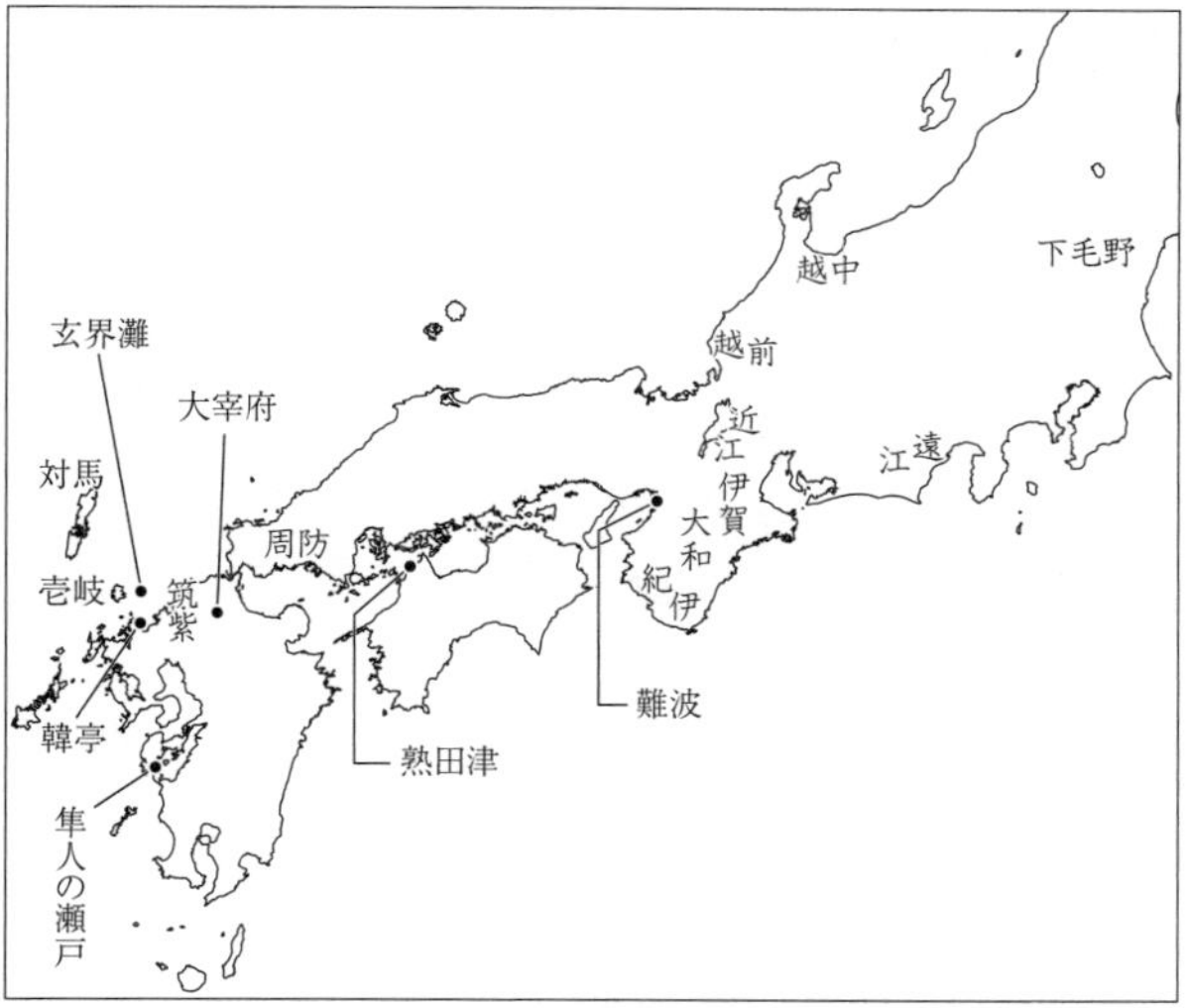

本書に登場する『万葉集』の地名

きた男がいました。小野老、その人です。彼は、はるか筑紫から奈良の都のある大和《やまと》を思いやっていました。ここ大宰府にいる役人たちの多くは、妻子を大和に残して来た単身赴任者たちです。宴《うたげ》の席で、こう歌いました。

青土が美しいという、
あをによし奈良。
その奈良の都は……
咲く花が照り輝くように、
今がまっさかり――。

古典の言葉「にほふ」は、色や光についていう言葉です。咲きほこる花が、輝《かがや》いて見えるように栄える都、平城京というのです。人口十万人。天子おはします都。その平城京讃歌《さんか》は、筑紫で歌われたのでした。思いは風景を美化し、美化された風景は、望郷の思いへと繋《つな》がるのです。望郷の歌ですね。

明日香《あすか》の山々と額田王《ぬかたのおおきみ》

三輪山《みわやま》を
然《しか》も隠《かく》すか
雲だにも
心あらなも
隠《かく》さふべしや

（額田王　巻一の一八）

大和の平野の南に暮らす人びとにとって、三輪山はランドマークでした。日の出と月の出の山が三輪山で、日の入り、月の入りの山が二上山《ふたかみやま》だったのです。第二章でもお話ししましたが、明日香に都のあったのは、およそ西暦《せいれき》五九二年から六九四年、藤原に都

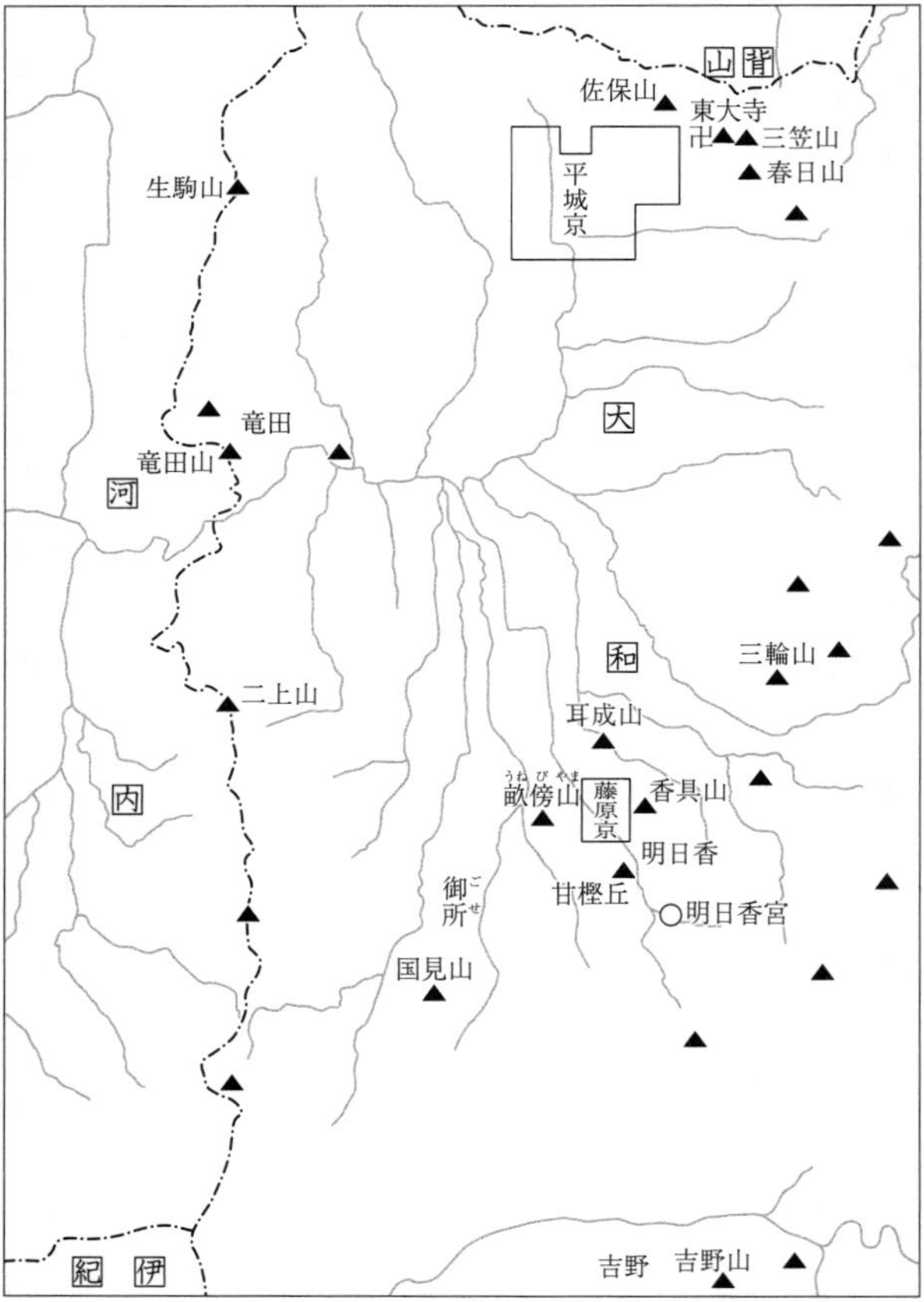

大和（奈良）周辺の本書に登場する地名

のあった時代は六九四年から七一〇年です。
額田王も、その明日香の地に暮らすひとりでした。彼女は近江国《おうみのくに》（現在の滋賀県）に旅立つにあたり、三輪山に別れを告げようとしました。

三輪山よ、
そんなにも隠してよいものか。
私は三輪山を見て旅立ちたいのだ。
雲よ、お前に心があるのなら、
私に三輪山を見せておくれ。
三輪山を隠さないでおくれ。

と歌ったのでした。
では、額田王が、この歌を歌ったのはどこなのでしょうか。それは大和国《やまとのくに》（現在の奈良県）と山背国《やましろのくに》（現在の京都府南部）の境、奈良山でした。奈良山から望む三輪山は、まことに小さく、左右対称にも見えません。ほんの少しでも曇《くも》れば、見えなくなります。

しかし、額田王は、やはり三輪山を見て旅立ちたかったのです。忘れがたきふるさとの景色、それが三輪山だったのです。なぜならば、額田王は、朝夕に三輪山を見て暮らしていたからでした。人には、人それぞれに忘れられない故郷というものがあるものなのです。

畿内《きない》と畿外《きがい》

我《わ》が背子《せこ》は
いづく行《ゆ》くらむ
沖《おき》つ藻《も》の
名張《なばり》の山を
今日《けふ》か越ゆらむ

（当麻真人麻呂《たぎまのまひとまろ》が妻　巻一の四三）

——天皇の旅を行幸《ぎょうこう》といい、それに役人が付き従うことを従駕《じゅうが》といいます。これがいわゆる、行幸従駕歌です。一方、旅立つ夫を待つ妻や恋人《こいびと》たちもいます。こちらは、留守を守る人の歌ということで、留守歌《るすうた》といいます。旅立つ男に、家を守る女という構図があるのです。当麻真人麻呂の妻は、こう歌いました。

わが夫は……
いったいどこに行くというのか。
名張の山を
今越えていることだろうか？

麻呂の妻は、夫の旅程を想起しながら、今ごろどのあたりにいるのだろうかと思いを馳《は》せているのです。愛する人を待つ人の心です。

名張の山は、大和と伊賀《いが》（現在の三重県北西部）の国境です。あぁもう、大和を離れるころなのかぁ、と思っているのです。また、名張の地は、畿内《きない》と畿外《きがい》の境の地でもありました。今日の近畿地方は、おおむね畿内にあたります。ですから、近畿以外は畿外と考えてもらってかまいません。

夫は畿内から畿外へと出るところなのです。妻の思いは、募《つの》ります。今ごろ夫は、と。しかも、山越えは、健脚《けんきゃく》の者でも苦しいものです。妻は、難所にある夫のことを気遣《きづか》っているのでしょう。また、麻呂は名張の山を心に焼きつけて、旅路を急いだに違いありません。

難波《なにわ》は田舎

昔こそ
難波田舎《なにはゐなか》と

言はれけめ
今は都引《みやこひ》き
都びにけり
（藤原宇合《ふじわらのうまかい》　巻三の三一二）

「大和恋ひ」という言葉があります。大和を恋しく思うということです。『万葉集』の時代は、大和中心の時代で、明日香の都、藤原の都、奈良の都は、すべて大和です。だから、大和に住む者は、都に住んでいるという自負心を持っていたのでした。一方、大和を離れると、大和を恋しく思いました。現在の大阪にあたる難波などは、田舎だったのです。

その難波の田舎を、大和に並ぶ都として整備するようにとの命が下りました。聖武《しょうむ》天皇のその命を受けた男こそ、藤原宇合です。そして、難波も都らしくなってきました。そのことを、宇合は、こう歌ったのでした。

昔こそね、
「難波田舎」と言われたんだがね。
今は都らしくなってね、
すっかり難波も都会さぁ……。

宇合は、難波を都らしくしたのは、誰あろう俺《おれ》さまだと言いたいのです。では、都らしい景観とは何でしょうか。東西南北に走る直線の道路。建ち並ぶ瓦葺《かわらぶ》きの屋根、威容《いよう》を誇る大極殿《だいごくでん》と役所群、そしてそこに集《つど》う役人たちの姿でしょう。大極殿は、天皇が政治を行なう宮殿と考えればよいでしょう。その役人たちのことを大宮人《おおみやびと》といいました。この歌には、大宮人の自負が感じられますね。

捕えられ護送された皇子《おうじ》

家にあれば
笥《け》に盛る飯《いひ》を
草枕《くさまくら》
旅にしあれば
椎《しひ》の葉に盛る

（有間皇子《ありまのみこ》　巻二の一四二）

万葉の旅といっても、護送《ごそう》の旅というものがあります。斉明《さいめい》天皇の時代、クーデターを起こそうとして失敗した皇子がいました。それが、有間皇子です。若い人は、正義感が強い。だから、決起します。しかし、その決起心を煽《あお》り立てて、政争の道具とする徒《と》もいるのです。そそのかされた皇子は、決起しようとしましたが、決起の朝、捕《とら》えられてしまいます。捕えられた皇子は、行幸中の天皇のもとに、護送されることとなりました。大和を南へ南へ、紀伊《きい》（現在の和歌山県）への旅路、有間皇子は、こう歌いました。

家にいた時は器で食す飯。
草を枕とする旅ではないけれど、
旅にある私は……
椎の葉に飯を盛って食すのだ。

生きて帰ることとは、無理だと悟《さと》った人間の言葉です。それは、まるで他人事《ひとごと》のようです。しかし、絶望を語る言葉は、いつも素っ気ないものなのです。日ごろ、心に懸《か》けることもなく食べている飯。その器（＝笥《け》）についても、しかりです。しかし、もう家に戻ることはできないと知った時、その器が無性に愛《いと》おしくなったのでしょう。

万葉のロミオとジュリエット

君が行《ゆ》く
道の長手《ながて》を
繰《く》り畳《たた》ね
焼き滅《ほろ》ぼさむ
天《あめ》の火もがも

（狭野弟上娘子《さののおとがみおとめ》　巻十五の三七二四）

宮廷に仕える女官《にょかん》は、そのすべてが天皇の妻となる可能性があります。そのため、女官と恋仲となることは、きつく戒《いまし》められていました。謀反《むほん》と同じだからです。しかし、人間というものは、それほど単純な動物ではありません。禁忌《きんき》を犯して愛し合う二人がいました。男の名を中臣宅守《なかとみのやかもり》といい、女の名を狭野弟上娘子といいました。

男は、当然、流罪《るざい》となります。越前国《えちぜんのくに》（現在の福井県北部）に流されたのでした。二人は、互いに歌を送り合っており、その一部が『万葉集』巻十五に残っています。狭野弟上娘子は、その思いのたけをこう歌いました。

あなたが行く
その長い長い道のり。
かの長い長い道のりを
焼き尽くしてしまうような、
天の火がほしい――。

二人の距離をなくしてしまえば、二人は逢《あ》える。ならば、道を燃やせばよいのだ、道を燃やしてくれる天の火はないものか、というのです。もちろん、そんな火など現実にはあり得ません。女の歌は、男の宝物《たからもの》になったはずですね。

続・万葉のロミオとジュリエット

恐《かしこ》みと
告《の》らずありしを
み越路《こしぢ》の
手向《たむけ》に立ちて
妹《いも》が名告《の》りつ

（中臣宅守《なかとみのやかもり》　巻十五の三七三〇）

禁断の恋のゆえに引き裂《さ》かれた中臣宅守と狭野弟上娘子。中臣宅守は、越前に流されることになりました。大和から、日本海側の越前への道中、護送されるのであれば見張りも付くでしょうが、難所ともなれば、難所を守る神に捧《ささ》げ物をしなくてはなりません。この神への捧げ物のことを、「手向《たむ》け」といいます。神のご加護《かご》なくして、越えられない道があったのです。
しかし、男は何も持ち合せていませんでした。こういう場合、恋人の名を神に明かすことが手向けになるのです。それは、女性の名は、婚約者となる相手にしか明かさないという決まりごとがあったからです。女から明かしてもらった名を、神への捧げ物としたのです。

恐れおおいことだと
憚《はばか》って、告げなかった女の名前。
その女の名を、
み越路の手向けの地に立って、
口に出してしまった。

いとしい人の名を口走ることは、約束違反です。そうとわかっていても、神への捧げ物が必要だったのです。愛する人の名は、ふるさとの山河と同じく、心に焼きつけるものでした。

持統天皇の従者

巨勢山《こせやま》の
つらつら椿《つばき》
つらつらに
見つつ偲《しの》はな
巨勢の春野を

（坂門人足《さかとのひとたり》　巻一の五四）

まるで、スキップをしているような歌です。まるで、音楽のよう。「つらつらに」とは、現在でも「つらつらおもんみるに（おもいみるに）」というように使う「つらつら」

です。「じっくりと」ということです。椿の葉は生い茂《しげ》って、連なるようです。これを「つらつら椿」と言っているのです。その「つらつら椿」ではないけれど、つらつらじっくりと歌っているのです。

巨勢山の生い茂った椿。
つらつら椿ではないけれど、
つらつら、じっくりと見て偲んでゆこうよ。
この巨勢の春野の景色をねぇ。

というのです。巨勢はすなわち現在の御所市《ごせ》（奈良県中部）です。
大宝元年（七〇二）の秋九月、持統天皇は、紀伊国へと行幸しました。その折に、天皇に従った坂門人足の歌です。大和から紀伊への旅は、南へ南へと歩む旅です。歌は思いを伝える手段であるとともに、音楽でもあります。軽快なリズムは、軽快に旅する者の心を表しているのでしょう。そして、この巨勢の春野の景色を心に焼きつけて、人足は旅をしようとしたのです。

紀伊と大和の「妹背の山」

紀伊道《きぢ》にこそ
妹山《いもやま》ありといへ
櫛上《くしがみ》の
二上山《ふたがみやま》も
妹《いも》こそありけれ

（作者不記載歌　巻七の一〇九八）

大きな瘤《こぶ》と小さな瘤。大きい方が「背」すなわち男性を示し、小さな方が「妹《いも》」すなわち女性を示します。妹と背のおそろいの妹背の山です。大和において、妹背の山といえば、二上山のことです。しかし、この二上山が二つの瘤を持つ山に見えるのは、大和の平野の南部においてなのです。北部から望むと一瘤に見えます。

一方、紀伊国にも妹背の山がありました。和歌山県かつらぎ町の山です。大きな瘤と小さな瘤の二つがあれば、その二つを合わせて妹背山と呼ぶことができます。おそらく、それは少し離れていてもよいはずです。

紀伊道にも
妹の山はあるというけれどね……、
二上山にも妹の山があるぞ。
大和にもあるんだからね。

まるで、お国自慢のような歌です。そして、この歌を読む時に注意しなくてはならないことが、もう一つあります。それは、旅先にある男が大和に残した妹すなわち恋人を想起した歌だということです。紀伊道の妹山を通り過ぎる時に、大和の二上山と大和に残してきた恋人のことを思い起こしたのでしょう。

奈良山を越えて山背《やましろ》、近江《おうみ》へ

泉川《いづみがは》
渡り瀬《ぜ》深み
我が背子《せこ》が
旅行き衣《ごろも》
濡《ぬ》れ漬《ひ》たむかも

（作者不記載歌　巻十三の三三一五）

大和から山背《やましろ》に出るには奈良山を越える必要があります。奈良山を越えると、そこに流れているのは、泉川です。この泉川を渡らなくてはならないのです。それは、大和から山背、近江《おうみ》へと向かう旅びとにとって、難所でした。大伴家持《おおとものやかもち》が、越中国（現在の富山県）に赴く際には、弟の書持《ふみもち》はここまで送ってきたようです。

夫は馬を持っていない。だから、歩いて川を渡《わた》る。そうすれば、せっかく、誂《あつら》えてやった旅行用の衣が濡れてしまうではないか、と女は歌いました。

泉川、
その川の瀬は深いので、
我が夫の旅衣《たびごろも》は……
濡れてしまうのではないか――。

せっかく誂えた衣が、旅のはじまりから濡れてしまうことへの危惧《きぐ》、そしてなによりも水に濡れて健康を害することを心配しているのでしょう。

大和から奈良山を越えれば、大和の山々は見えなくなります。奈良山を下り、山背国に入れば泉川を渡らなくてはなりません。

旅立つ防人《さきもり》と生駒山《いこまやま》

難波津《なにはと》を
漕《こ》ぎ出《で》て見れば
神《かみ》さぶる
生駒高嶺《いこまたかね》に
雲そたなびく

（大田部三成《おおたのべのみなり》　巻二十の四三八〇）

防人とは、主に西国で兵役についた人びとのことです。彼らは、大和朝廷の直轄地《ちょつかつち》であった東国から兵士としてかり出されました。これを徴発といいます。いわば、対外戦争に備えて、徴発された農民兵です。東国から難波津までの道のりも長いですが、難波津から筑紫《つくし》への海路での旅路もまた、はるかでした。
生駒山は、難波津から見て東。一番高い山です。だから、遠くからでも見える山なのです。難波津を出港して西に向かえば、水平線に最後に見えるのが、生駒山です。その生駒山の高きこと、その生駒山の神々しきこと。現在の栃木県梁田《やなだ》郡からやって来た大田部三成は、こう歌っています。

難波津を
漕ぎ出してみると、
神々しい生駒高嶺に、
雲がたなびいている。

大田部三成から見れば、生駒山を越えれば、大君のいます奈良の都があり、そして山背国。さらには、東海道、東山道を経て、故郷下毛野国梁田《しもつけののくにやなだ》郡があったはずです。防人たちの旅は、まだ道なかば、生駒山を心に刻んで旅立ったはずです。

竜田の花見

我《わ》が行《ゆ》きは
七日《なぬか》は過ぎじ
竜田彦《たつたひこ》
ゆめこの花を
風にな散らし

（作者不記載歌　巻九の一七四八）

花見といっても、花見の日に花があるとは限りません。予定の日、まだ咲いていないこともあれば、もう散ってしまっていることもあります。だから、春になると人は気を揉《も》むのです。この歌を詠《よ》んだ旅びとは、自分の旅程を七日間と踏んだようです。行きに二日間、難波での宿泊が三日間、そして帰りに二日間と見たのでしょう。難波の滞在が仮に延びても、最大七日あれば、大和に帰って来ることができます。

だとすれば、風の神よ、この七日間は、風を吹かさないでおくれ、俺は桜を見たいのだから、と歌っているのです。ここでいう竜田彦とは、竜田の神であり、風の神のことです。

俺さまの旅行きは、
まぁ七日は過ぎまい。
竜田彦よ……
けっして、この花を
風で散らすでないぞ。

ゆめゆめ散らしてくれるなというのです。竜田は、大和と河内《かわち》（現在の大阪府南部）、難波を繋《つな》ぐ要衝《ようしょう》の地であり、そこには風の神が祀《まつ》られていました。大風が吹くと今も昔も生活が大混乱しますので、風の神のお祀りは大切なことでした。竜田の桜を眼に焼きつけて、男は旅立ったのでした。

遠き新羅《しらぎ》へ旅立つ

世の中は
常《つね》かくのみと
別れぬる
君にやもとな
我《あ》が恋《こ》ひ行《ゆ》かむ

（作者不記載歌　巻十五の三六九〇）

唐に使者として赴くのが遣唐使《けんとうし》、新羅《しらぎ》に使者として赴くのが遣新羅使《けんしらぎし》です。天平《てんぴょう》八年

(七三六)の遣新羅使は、苦難の遣新羅使とでもいうべき人びとでした。周防《すおう》の国(現在の山口県)での暴風雨による遭難《そうなん》、天然痘《てんねんとう》の流行で死者は続出、新羅との外交関係は最悪で、使者たちは新羅の都に入ることが許されませんでした。そして、帰途、トップである大使も対馬《つしま》で客死しています。

雪宅麻呂《ゆきのやかまろ》という人物は、往路壱岐島《いきのしま》で「鬼病《きびょう》」と呼ばれる病となり、客死しました。その宅麻呂を悼《いた》む挽歌《ばんか》のなかに、このような歌があります。挽歌とは、棺を引いて墓場に行く時に歌う歌ですが、『万葉集』では、広く死に関わる歌を言います。

世の中ってえやつは、
いつもこんなもんさ……。
といって死んでいった
君のことをこんなにも無性に、
慕《した》いながら俺は生きてゆくことになるのか。

「世の中は　常かくのみ」の一節は、雪宅麻呂の言葉です。人生ってやつは非情だね、俺の命はもうないのか、と嘆《なげ》く宅麻呂。その静かな諦《あきら》めの言葉が、胸に響く一首です。大和から旅立った宅麻呂が最期《さいご》に思い浮かべた風景は何だったのでしょうか。興味は尽きません。

難波から奈良へと急ぐ道

妹《いも》に逢《あ》はず
あらばすべなみ
岩根《いはね》踏む
生駒《いこま》の山を
越えてそ我《あ》が来《く》る

（作者不記載歌　巻十五の三五九〇）

多くの死者を出した天平八年（七三六）の遣新羅使たち。難波津出港時に、その運命を予測した者はいたのでしょうか。彼らは一路、瀬戸内を通り、筑紫、筑紫から壱岐、対馬、新羅へと向かいました。

難波津での出港準備中のこと。休憩《きゅうけい》をもらって、一時帰宅した男がいました。難波津から奈良の都への道は、距離は短いけれど急峻《きゅうしゅん》な山道を行く草香《くさか》の直越《ただこ》えと、距離は長いけれど比較的平坦な竜田越えがありました。草香の直越えは、生駒山を越えてゆく道です。男が選んだのは、草香の直越えでした。

妻にもう一度逢《あ》わぬまま
出発することになれば、
もうどうすることもできない。
岩を踏むあの生駒の山の道を

越えて私はやって来た。
あいたくて、あいたくて。

出港してしまえば、もう逢うことは叶《かな》わぬ。だとしたら、今しかない。そんな男が、時間のかかる竜田越えなどするはずはありません。男は生駒の山を駆けたのでしょう。岩に足をとられようが、なんのそのです。男は行きも帰りも見たことでしょう。生駒山から奈良の都の景色を。

筑紫から大和を思う

天飛《あまと》ぶや
雁《かり》を使ひに
得《え》てしかも
奈良《なら》の都に

言告《ことつ》げ遣《や》らむ

（作者不記載歌　巻十五の三六七六）

奈良から、新羅国へと旅立った遣新羅使たちの旅は続きます。ようやく、現在の博多《はかた》湾《わん》に辿《たど》り着くも、風待ちの日は続きます。韓亭《からとまり》という港で秋の月をながめると、人びとの思いは、申し合わせたように、奈良の都へと向かいます。

秋九月までには帰ると家人に告げて出港した男たちの船は、秋となっても、まだ筑紫にいました。秋に帰ることなど、夢のまた夢です。これから玄界灘《げんかいなだ》を渡らなければならないのです。男たちにできることといえば、月を眺めることしかありませんでした。男のひとりは、こう歌いました。

大空を駆《か》けめぐる雁。
その雁の使いというものを

得たいものだ。
奈良の都に
今ある地を言づてするために。

「雁の使い」とは、「雁信《がんしん》」の故事によるものです。前漢時代に、匈奴《きょうど》への使者となった武将・蘇武《そぶ》は、幽閉《ゆうへい》されてしまうことになりました。彼は雁の足に書状を付して、自分が生きていることを故国に伝えたというのです。ならば、私にも、雁の使いがあればというのです。なんとも、せつない歌です。

天平ドリームの覇者・山上憶良《やまのうえのおくら》

いざ子ども
早く日本《やまと》へ
大伴《おほとも》の

三津《みつ》の浜松
待ち恋ひぬらむ

（山上憶良　巻一の六三）

唐へと渡る船旅は、命を賭《と》しての旅でした。ふたたび大和に戻ることができるのか、それは風次第、波次第なのです。

山上憶良（六六〇？―七三三？）の人生は、遣唐使となるところから開けてきます。まさしく、天平ドリームの世界です。幸いにして、大任を果たした憶良は、大和へ帰国することができ、無位無冠《むかん》から、国司にまで昇《のぼ》りつめました。今日でいえば、県知事クラスです。

おーい皆の者よ――。
早く、日本へ帰ろうぞ。

大伴の津、あの難波津の
三津の浜松が、
俺たちのことをさぞ待ちわびていようぞ。

まるで、水夫たちに号令を掛けているような歌です。
大伴の津とも称される難波津には大きな松があり、海上から見えたのでしょう。おそらく、その向こうには生駒《いこま》山が見えたはずです。生駒山を越えれば、そこは大和です。唐にあって、心は逸《はや》ります。早く大和へと。一地域名ヤマトは、国号となり、日本＝ヤマトとなりました。松の向こうにふるさとがあるのです。

異国にて献身した阿倍仲麻呂《あべのなかまろ》

天《あま》の原《はら》
ふりさけ見れば

春日《かすが》なる
三笠《みかさ》の山に
いでし月かも

（阿倍仲麻呂　『古今和歌集』巻九の四〇六）

風雲急を告げる歴史のなかでは、時として十代の若者にすべてを託《たく》すことがあります。明治の留学生たちを見てください。彼らは、国家の未来を背負ってヨーロッパへ、アメリカへと旅立っています。外国の知識をできるだけ持って帰る留学生もいれば、その地に留まって祖国のために尽くす留学生もいました。その地に留まることでしかできないこともあるからです。

吉備真備《きびのまきび》が遣唐使における前者であるとするなら、阿倍仲麻呂は後者の道を選びました。吉備真備は、現在の岡山県出身の、いわば地方豪族出身者ですが、日本の宰相《さいしょう》になりました。阿倍仲麻呂は、世界の最強国であった唐の国務大臣クラスにまでなった人物です。遭難した遣唐使たちの命を救ったのは、すでに玄宗《げんそう》皇帝の側近となっていた阿倍仲麻呂です。私はこの話を小説にしたことがあります（『天平グレート・ジャーニー』講談社文庫）。

待ちに待った帰国。しかし、仲麻呂の乗った船は、日本には辿りつけませんでした。仲麻呂帰国の送別宴で、彼はこう歌を詠みました。

広大なる天空。
その天空を遥《はる》かに望めば……、
春日にある三笠の山に――
出た月のことを思い出す。

仲麻呂の眼の前にあるのは、蘇州《そしゅう》の海と蘇州の空です。その時、彼の心のなかにあったのは、奈良、春日、三笠の山の月でした。

大伴家持《おおとものやかもち》、赴任先の越中にて

春の苑《その》
紅《くれなゐ》にほふ
桃の花
下照《したで》る道に
出《い》で立つ娘子《をとめ》

（大伴家持　巻十九の四一三九）

ニューヨークのマンハッタンか、パリのシャンゼリゼか、はたまた日本の銀座でしょうか。道は街の顔、道は国の顔です。天平勝宝二年（七五〇）三月一日、大伴家持は、越中、現在の富山県にいました。彼は、越中国を治める役人、すなわち国司として赴任していたのです。

桃の花のみごとに咲く道。彼は桃の花こそ、花嫁の象徴であり、桃の実こそ多産の象徴であるとする詩を思い出しました。中国の『詩経《しきょう》』の「桃夭《とうよう》」という漢詩です。そして、桃の花咲き乱れる道で、婚礼の日を待つ娘子の歌を作ったのでした。つまり、家持は越中で娘子を見て、この歌を作ったわけではないのです。この娘子は、家持の心の中にいる娘子なのです。家持は歌います。

春の苑が紅色に染まるよう。
ふと見れば、桃の花が咲き乱れている
その花の光に照らされた道に……、
嫁《とつ》ぐ日を待つ娘子がいる。

すべては、幻想です。おそらく、家持の脳裏にあったのは、都の美女だったことでしょう。この時期、望郷の思いから、都の大路を思い浮かべた歌もあるからです。道に出で立つ娘子の姿もまた故郷、奈良の景色の一つなのでした。

遊女が歌った越中の二上山

二上《ふたがみ》の
山に隠《こも》れる
ほととぎす
今も鳴かぬか
君に聞かせむ

(遊行女婦《あそびめ》土師《はにし》 巻十八の四〇六七)

『万葉集』は、時として、遊女の名を伝えます。越中に赴任した大伴家持の宴《うたげ》に招かれた遊女のひとりに、「土師《はにし》」と名乗る遊女がいたようです。彼女たちは、いわば宴の花であり、時に美貌《びぼう》、時に美声、さらには舞《まい》で宴を盛り上げました。と同時に、求められ

れば、その時々の宴に相応《ふさわ》しい歌を作って献上したのです。
立夏の節の宴なら、夏の到来にふさわしい歌を作ったのでした。

二上《ふたかみ》の山に隠れている
ほととぎすたちよ、
今すぐに鳴いておくれな。
だって、いとしい君に
聞かせてやりたいからさ。

旧暦四月初旬の立夏の節ともなれば、ホトトギスは鳴くものと決まっている（新暦では五月初旬）。ところが、まだその声がない。早く、お鳴きよ、というのです。
ここにいう「二上の山」は、富山県高岡《たかおか》市と氷見《ひみ》市の境にある山のことです。もちろん、大小の瘤《こぶ》がある妹背山です。大和から来た役人たちは、大和の二上山に見立てて、その山を見ていたのでした。ですから、遊女は、二上山のホトトギスを歌ったのです。

大伴家持が見た大仏

天皇《すめろき》の
御代《みよ》栄《さか》えむと
東《あづま》なる
陸奥山《みちのくやま》に
金花《くがね》咲く

（大伴家持　巻十八の四〇九七）

聖武《しょうむ》天皇（在位七二四―四九）がめざしたものは何でしょうか。それは、日本という国家の立て直しでした。その政策の中心は何にあったかというと、日本を仏教の国にするということです。そのシンボルが、盧《る》舎《しゃ》那《な》大仏の造立《ぞうりゅう》でした。世界一巨大な金銅仏《こんどうぶつ》を造ることによって、日本国中の人びとの心を一つにしようとしたのです。
聖武天皇の考え方は、こうです。大仏造立といっても、巨大な仏さまを造ればよいのではない。ひとりでも多くの人びとが、力を合わせて造ることにこそ、意味があると考えたのです。つまり、大仏は人の和することの大切さを象徴しているのです。大伴家持は、歌を作ることで、この大仏造立に協力しようとしました。

ますますわが天皇の御代が
栄えるようにと……、
東の国のみちのくの山に、
黄金の花が咲いたぞ、今。

金がなくては、仕上げができない。その金脈が発見されたのだ。彼は越中においてこう詠《よ》んだのです。代替わりはしましたが、今も、東大寺の大仏さまは奈良に住む人びとの誇りです。

筑紫の雪と大伴旅人《おおとものたびと》

沫雪《あわゆき》の
ほどろほどろに
降り敷けば
奈良の都し
思ほゆるかも

（大伴旅人　巻八の一六三九）

雪というものは記憶を呼び起こすものです。なぜならば、雪の降る日は、少ないからです。もちろん、北国の人なら、そうではないでしょうが。大和に住む人びとにとっては、雪は稀《まれ》にしか降らないものでした。ですから、大和の人びとは、雪が降ると大はしゃぎするのです。雪の日の記憶、それは少年の日の思い出、少女の日の思い出なのです。筑紫に赴任した大伴旅人。そのある冬の日、雪が降りました。それも、沫雪です。旅人は歌いました。

沫雪が……
うっすらとうっすらと
地に降り、地を覆《おお》った。
そんな日は、
奈良の都のことが思われる。
いや、思われてならない。

うっすらと積もる雪は、ほどろほどろに降り積もる雪というのです。今見る雪は筑紫の雪、心のなかにあるのは昔、奈良の都で見た雪。それも、うっすらと地面を覆う雪だったのです。旅人の脳裏にどんな思い出が蘇ったのか、それは杳《よう》として知れません――。

大伴旅人、薩摩《さつま》の激流に吉野を思う

隼人《はやひと》の
瀬戸《せと》の巌《いはほ》も
鮎走《あゆはし》る
吉野《よしの》の滝《たき》に
なほ及《し》かずけり

（大伴旅人　巻六の九六〇）

人が生きてゆくということは、思い出を作ることです。人間、この思い出によって生きる生物。それは、経験というものが、未来の自分を作ってゆくからでしょう。

鹿児島県阿久根《あくね》市にある薩摩の瀬戸は、急流で有名でした。この薩摩瀬戸のことを黒之瀬戸とも隼人の瀬戸ともいいました。大宰府《だざいふ》に赴任した大伴旅人は、この隼人の瀬戸に立った時に、吉野の滝すなわち激流を思い出したのです。

この隼人の瀬戸の
激流さかまく巌《いわお》も、
鮎《あゆ》が走る、あの吉野の激流には
やはり及ばぬ。
俺には吉野が一番よ――。

絶景の隼人の瀬戸を前にして、まるで愚痴《ぐち》を述べているようなものです。眼前にある瀬戸から、彼は昔見た吉野の激流を思い出したのです。

これは、吉野の激流を見て知っている人の言葉です。それが経験というものなのです。しかし、だからといって隼人の瀬戸が悪いわけでもありません。旅人にとっては、故郷の思い出の地の方が大切なのです。

老いと望郷の大伴旅人

我《わ》が行《ゆ》きは
久《ひさ》にはあらじ
夢《いめ》のわだ
瀬にはならずて
淵《ふち》にもありこそ

（大伴旅人　巻三の三三五）

齢《よわい》を重ねると人は、「ふるさと」を思うようになります。あと何回、「ふるさと」を見て死ねるのだろう、と。大伴旅人、七十歳。旅人は思いました。昔、吉野に旅した時に見た美しい淵、その名も「夢のわだ」。あの「夢のわだ」は、今ごろどうなっているのかなぁ。自分は、筑紫に赴任して、最愛の妻を失った。幾歳《いくとせ》を経て、もう七十だ。平城京に帰ったとしても、ふたたび吉野に赴《おもむ》くことはできるのか、と。旅人は歌います。

もう、俺の
筑紫暮らしも長くはない。
あの昔見た夢のわだは、
浅瀬《あさせ》となっているのだろうか。
浅瀬とはならずに、
淵《ふち》のままであってほしい。
昔と変わらずに。

老いと望郷、それが大伴旅人の文学のテーマといっても過言ではありません。旅人にとって、吉野は思い出の地だったのです。筑紫の地から、何度も思い出した景色なのでしょう。人はパンのみにて生くる者にあらず、ですよね。

ヤマトタケル、都を想う

倭《やまと》は
国の真秀《まほ》ろば
たたなづく
青垣《あをかき》
山籠《やまごも》れる
倭《やまと》し麗《うるは》し

（ヤマトタケルノミコト『古事記』中巻 景行天皇条）

この本に収める最後の歌は、古代の英雄ヤマトタケルの歌にしました。『古事記』から引用したのは、『万葉集』が、『古事記』を継《つ》ぐものであると意識されていたからです。

古代の歌の文化は、『古事記』や『日本書紀』にもよこたわっています。

日本の国家統一のために東奔西走《とうほんせいそう》した英雄、ヤマトタケル。父は、自分に死ねと命令しているのか、西の国々を平定したと思ったら、東の国々を平定せよという。しかし、東国の各勢力は、さまざまな抵抗をして、戦況《せんきょう》ははかばかしくない。ようやくの思いで、東国を平定し、大和に戻るヤマトタケル。自分の足は三つに曲がったように、疲れてしまったというのです。三重まで戻れば、大和は近いです。しかし、その近いはずの大和が、今のヤマトタケルには、遠いのです。

大和の国は、
国のなかでもっともよきところ――。
青い垣根をなす山々が折り重なって、
その山々のなかに籠《こも》っている。
大和は美しい。

人は、その死を予感した時に、故郷を訪れようとします。名前にヤマトが冠《かん》せられているにもかかわらず、ほとんど大和にいなかったヤマトタケル。彼の魂《たましい》は、死を前にして、天駆《あまか》けていました。大和へと天駆けていたのです。では、彼は、大和の景色のなかで、何を想起していたのでしょうか。それは、青き山並みでした。

おわりに

ふと気がつくと、『万葉集』の研究を志してから、四十年近くが過ぎ去りました。長いようにも思いますが、過ぎ去った時というものは一年でも四十年でも一瞬《いっしゅん》なのです。四十代からは、専門の論文だけではなく、啓発書《けいはつしょ》、たとえば新書などを執筆するようになりました。もちろん、研究機関にも属し、学会での活動が本分ですから、論文も年に一ないし二本は書いています。時には、ラジオやテレビにも出ていますから、『万葉集』が好きな人なら、「奈良大学の上野先生かぁ……」と言われるようになりました。

その私のモットーとしていることは、「楽しくやる」ということです。たしかに、学問というものは研究者の戦いでもあるから、競争なのですが、論文を書く時にも、心のどこかで「楽しむ」という気持ちを忘れないようにしています。昨年出版した『万葉文化論』（ミネルヴァ書房、二〇一八年）という本も、論文集なのですが、釈義《しゃくぎ》と呼ばれるわかりやすい訳文をつけて、読者とともに楽しむようなかたちで、論を進めています。

本書の一部は、新聞に寄稿した原稿をもとにしていますが、すべて若い読者のために書き直しました。ですから本書は、「令和」の時代を生きる若い読者を念頭に置いて書いた本なのです。

私が駅伝の選手だったとしましょう。とにかく、私は落伍《らくご》することなく走ってきました。そうして、あと一キロで、タスキを次の走者に渡《わた》すところまで走って来ました。もうすぐ、タスキを渡す時です。私は、叫《さけ》びました。

おぉーい、俺《おれ》はもうくたくただ！　タスキを渡すから、次の区間はがんばってくれよ。頼《たの》むよ。俺のタスキを受け取ってくれ――。

この本の読者のひとりでもよいですから、私のタスキを受け取ってくれる人がいればよいのですが……。

「令和」となる日に

著者しるす

参考文献

青木生子・橋本達雄監修『万葉ことば事典』大和書房、二〇〇一年
上野誠『はじめて楽しむ万葉集』KADOKAWA、二〇一二年（初出二〇〇二年）
――『万葉びとの宴』講談社、二〇一四年
――『万葉集で親しむ大和ごころ』KADOKAWA、二〇一五年（初出二〇〇二年）
――『万葉集から古代を読みとく』ちくま新書、二〇一七年
上野誠著、牧野貞之写真『万葉手帳』東京書籍、二〇一六年
大森亮尚ほか『万葉道しるべ』和泉書院、一九八二年
小沢正夫・松田成穂校注・訳『古今和歌集（新編日本古典文学全集）』小学館、一九九四年
小野寛・櫻井満編『上代文学研究事典』おうふう、一九九六年

小島憲之ほか校注・訳『萬葉集①〜④（新編日本古典文学全集）』小学館、一九九四年〜一九九六年＊
坂本信幸・村田右富実著、牧野貞之写真『日本全国　万葉の旅　大和編』小学館、二〇一四年
――『日本全国　万葉の旅　西日本・東日本編』小学館、二〇一五年
佐竹昭広ほか校注『原文　万葉集（上・下）』岩波書店、二〇一五年
中西進『万葉集　全釈注原文付』（一）〜（四）および別巻、講談社、一九七八年〜一九八五年
村田右富実『令和と万葉集』西日本出版社、二〇一九年
山口佳紀・神野志隆光校注・訳『古事記（新編日本古典文学全集）』小学館、一九九七年
＊『万葉集』からの引用は、こちらを底本としている。ただし、一部私意により改めたところがある。

ちくまプリマー新書 333
入門《にゅうもん》 万葉集《まんようしゅう》

二〇一九年九月十日　初版第一刷発行

著者　上野 誠（うえの・まこと）
装幀　クラフト・エヴィング商會
発行者　喜入冬子
発行所　株式会社筑摩書房
東京都台東区蔵前二－五－三　〒一一一－八七五五
電話番号　〇三－五六八七－二六〇一（代表）
印刷・製本　株式会社精興社

ISBN978-4-480-68359-5 C0292　Printed in Japan